初恋迷宮

鳥谷しず

白泉社花丸文庫

初恋迷宮　もくじ

イラスト／蓮川《はすかわ》　愛《あい》

酔いつぶれた同僚を自宅へ送り届けたその夜は、ひどい熱帯夜だった。

白く丸い月がうすぼんやりと浮かぶ夜空は、タールを流しこんだかのようにどろりと濁っている。

終電の迫る駅へ急ぎながら、あまりの蒸し暑さにネクタイをゆるめようとしたときのことだ。前方から歩いてきた背の高い男に、雪人《ゆきと》は声をかけられた。

「あんた、『クライ・フォー・ザ・ムーン』の人だろ」

それは、少し年上に見える若い男だった。

ジーンズとTシャツに、肩先まで伸びて遊ぶ黒髪。何の飾り気もない格好《かっこう》なのに思わず息を呑《の》んで見入ってしまうその強烈なまでに華やかな美貌には見覚えがある。ちょうど去年の今頃、毎週のように通いつめていたゲイタウンの外れのライブバーでチェロを弾いていた男だ。

忘れるわけがない。初めて恋をした男だったのだから――。

もう二度と会えないだろうと諦めていただけに、言葉もなくただ驚いて目を瞠《みは》っていると、ふいに男の頭が傾《かし》いだ。

「もしかして、俺のこと、わかんない？」

雪人は慌てて首を振る。

「わ、わかります。覚えてもらっていたなんて思わなかったので、ちょっと驚いてしまって……」

嬉《うれ》しさと緊張で、声がかすかに上擦《うわず》る。

美しい、という言葉がこれほどまでに似合う男は、きっとほかには存在しないに違いない。四肢のバランスが素晴らしい長身にも、弓を操る長い腕にも、四本の弦の上を流れるように動く長い指にも、秀麗な容貌の中で一際《ひときわ》印象的な精彩を放つ宝石のような双眸《そうぼう》にも、まるで芸術品を思わせる完璧な美が宿っている。

ほの暗い店のステージでピアノの隣に並び、心に沁《し》み入るなめらかで官能的な音を奏でる男を見た瞬間、一目で心を奪われたくらいだ。

男はバーのオーナーの恋人で、口説《くど》くと出入り禁止になるらしく、近づくことすらできなかった。だから、雪人はいつも同じ時間に来店し、毎回タンゴ曲の「クライ・フォー・ザ・ムーン」をリクエストした。そうすることで、自分の存在を少しでも印象づけたかったのだ。

好きな曲を、恋する男に自分のために奏でてもらう。雪人にとって、それは密《ひそ》かな至福の時間だったのに、そのバーは突然閉店してしまった。通いはじめてふた月ほどが経《た》った頃のことだ。

名前すら知らない男の新しい勤め先を調べるすべなどなく、伝えられないまま行き場を失った恋心は、雪人の胸を長い間、重く塞いでいた。

「そりゃ、あれだけいつもいつも、同じ曲ばかりリクエストされりゃあな」

あの地味な努力が報われていたと知り、夢見心地《ゆめみごこち》で舞い上がったそばからむくりと不安が湧いた。

もしかしたら、同じ曲ばかりのリクエストが迷惑がられていたかもしれない。

「……どうせなら、自分の一番好きな曲を弾いてほしくて。あの、ご迷惑でしたか?」

「いや、全然」

おずおずと問いかけた雪人に、男は軽く肩を竦《すく》めた。

「あの店のオーナーとは、音楽の好みが合わなくてさ。リクエストでもなきゃ、ピアノの添えものみたいな曲しか弾けなかったから、あんたが店に来るの、楽しみだったんだぜ。それに、あの曲は俺も好きだしな」

そう言って、男は双眸を穏やかにたわめる。

「それにしても、あんたとは妙な縁があるよな。こうやって、広い東京の中で二度もばったり出くわすんだからさ」

自分との偶然の出会いを喜んでくれているとしか思えない笑顔と声音に、脳髄が甘く溶かされる。

言葉遣いは少し乱暴だが、その響きは彼の指先が生み出す音と同様、極上のビロードのようにやわらかく、耳に心地がよかった。

「本当にそうですね」

雪人は深く頷《うなず》き、うっとりとした眼差《まなざ》しを男に向ける。

「またあなたのチェロが聴きたいです。今はどこで弾いているんですか？」

「……もう、チェロはやめた」

一瞬の間のあと、むすりと吐かれた言葉に、雪人は驚く。

理由を問うより先に、男が尋ねてくる。

「その格好、勤め人？　学生かと思ってた」

「春に社会人になったばかりなんです。あのお店に行っていたときは、まだ学生でした」

「ふうん。どんな仕事してんの？」

「公務員です」

「何で、公務員なんかになったんだ？」

質問を重ねる男の眉は、きつく寄っていた。

「そんなもんになったところで、国民の血税で私腹肥やして、接待づけで脳味噌《のうみそ》腐らせるだけだろ？」

「一部にそういう人がいるのは事実ですが、私はどんなときも、公僕としての使命と立場を忘れないよう心がけているつもりです」

苦笑しながらもきっぱりと告げた雪人をしばらくの間まじまじと見つめていた男の口も

とに、やがてふわりとつやめいた笑みが浮かんだ。

「役人が皆、あんたみたいな人間だったらいいのにな」

眼前で美しくほころんだ微笑に、鼓動が痛いほど速くなる。

男にとって、雪人は昔勤めていた店の、名前も知らない客の一人に過ぎない。気づいたところで、相手をする義理などありはしない。なのに、わざわざ呼びとめてくれただけでなく、来店を楽しみにしていた、とまで言ってくれた。

それに、そもそも、雪人があの店に通いつめるようになったのは、CDショップで思いがけず鉢合わせをした彼に「また来てくれ」と誘われたからだ。

一度は諦め、無理やり記憶の奥底に埋葬したはずの想いが鮮やかに息を吹き返し、洪水のように押し寄せてくる。

学生時代の恋人は皆、女で、常に相手からの告白で始まる交際ばかりだったものの、どの恋人も可愛《かわい》いと思い、大事にした。

だが、セックスをして快感や満足を覚えたことは一度もない。異性と繋《つな》がって得られるのは、言いようのない強烈な違和感だけだ。

薄々見当のついていたその理由と向き合うのは、むずかしかった。

物心がついた頃から、雪人は苦労らしい苦労をしたことがない。陽《ひ》の当たる場所しか知らずに生きてきたぶん、後ろ指をさされるマイノリティになってしまうことが恐ろしくてならなかったのだ。

だから、心の中で疑念が頭を擡《もた》げるたびにそれを踏みつぶし、進学のために京都《きょうと》から上京したあともあえてその類《たぐい》の場所は避けてきた。

けれども、所属ゼミの全員の就職内定が決まった祝いの飲み会がいつになく盛り上がり、酔った勢いで友人たちと流れ着いたゲイタウンでこの男に出会ってしまった。

そして、認めざるを得なくなったのだ。

自分の中に潜む、男に愛されたいと望む狂おしい情念を——。

「あの店のオーナーとは……まだつき合っているんですか?」

問うと、男は雪人を見てゆっくりと瞬《またた》いた。

そして、ふっと唇の端を薄く吊《つ》り上げた。

「じゃなけりゃ、つき合わないかって?」

「……はい。あの、駄目、ですか?」

心臓が破裂しそうに跳ねるのを感じながら尋ねた瞬間、男の表情が一変した。

「駄目も何も、俺はホモじゃない」

怒気を孕《はら》んだ声が、低く投げつけられる。

「で、でも、あの店は……あそこは……」

「ホモじゃなきゃ、ゲイバーで働けないって法律でもあるのかよ」

激しい困惑と羞恥が頭の奥で弾《はじ》け、ひどい眩暈《めまい》を引き起こす。

思わず男のほうに傾いてしまった雪人の身体《からだ》を、強い力が突き飛ばした。

まるで、何か汚いものでも払いのけるかのように。

「所かまわずサカってんじゃねえよっ。死ね、ホモのオカマ野郎が！　気色悪いんだよっ」

長身を翻《ひるがえ》しながら、苛烈な侮蔑で雪人を拒絶した男の美貌は、凄《すさ》まじい嫌悪《けんお》を宿してゆがんでいた。

1

竣工《しゅんこう》された昭和《しょうわ》初期からの時の流れによって、京都府警本部のスクラッチタイル張りの外壁は灰色にくすんでいる。

ちょうど、今日の曇り空と同じ色だ。けれども、中央部の装飾が目を引くロマネスク様式の庁舎は、重く垂れこめた雲と同化はしていない。独特の威圧感を放ってその輪郭をくっきりと浮かび上がらせ、堂々と佇《たたず》んでいる。

椎名《しいな》雪人は半円アーチの正面玄関をくぐって入り、目的の階へ上がった。

視線を巡らせた広いフロアには、始業間際《まぎわ》の活気が満ちていた。

デスクでパソコンに向かったり、缶コーヒーを片手に談笑したりしている男たちの顔は明るい。誰もが、一般企業のサラリーマンと言っても通じるようなごく普通の雰囲気を纏《まと》っているし、目につく女性職員の数は男とほぼ同数だ。

濃《こま》やかな配慮のできる女性が多いのだろうか。あるいは、少年少女との関《かか》わりを職務とする部署ゆえの特徴なのだろうか。色とりどりの花が生けられた花瓶や観葉植物がそこここに置かれ、京都府警のシンボルマスコット「ポリスまろん」のぬいぐるみまでもが飾られている。

これまで長年所属していた、ほの暗さが澱《おり》のように溜まっていた男所帯の部署とはまるで違う、和やかで健全な朝の光景だ。

雪人は軽い戸惑いを覚えながら、扉口に一番近い「総務係」のプレートがあるデスクに座っていた五十前後の男に声をかけた。

「すみません、巌谷《いわや》隊長のお席はどちらでしょうか？　私は本日付で、特別捜査隊の第四班に」

「ああ、はいはい。四班の補充、やっと決まったんか」

公務員の定期異動は通常、春と秋におこなわれるが、諸事情から多少時期が前後することは珍しくない。ましてや、職務中の負傷等で突然人員が欠けてしまう警察でなら、なおさらだ。

六月下旬という中途半端《はんぱ》な時期の異動をべつだん奇異に思うふうもなく、総務係の男は勝手に納得した様子で雪人の言葉を遮った。

「それにしても、子供相手にはお前さんみたいなんがええのんかもしれんけど、えらい若い別嬪《べっぴん》が来たもんやなぁ」

四角い顎を撫《な》でながら、男は雪人の顔を見てにっと笑う。

「まあ、とにかく、四班の連中、喜ぶわ。あそこは今、紅一点が育休中で、潤いがちぃっともないさかいな」

長く濃い睫毛《まつげ》に縁取られた双眸も、細く通った鼻梁《びりょう》も、色づきがつやめかしい唇も、何もかもが繊細に整い過ぎ、近寄りがたい凛烈《りんれつ》さを醸《かも》し出している容貌。石膏《せっこう》めいた肌のなめらかな白さをさらに際立《きわだ》たせる漆黒の髪。着痩せをするために、華奢《きゃしゃ》に見えてしまう一七五センチの体軀《たいく》。

それらが相俟《あいま》って、本人が望みもしない独特の透明感を生み出しているせいで、童顔というわけでもないのに雪人は実年齢よりも下に見誤られてしまうことが多い。

見た目を揶揄《からか》われるのは慣れているので、腹が立ったりはしなかったけれど、雪人は育児休暇中の捜査員の代わりとして配属になったのではない。

勘違いを正そうとしたが、雪人に口を開く間を与えず総務係の男が言葉を継ぐ。

「巌谷隊長は、いはらへんで。ほれ、太秦《うずまさ》の例のあれで、太秦署に行ってはるんや」

例のあれ、などと言われても、数日前までまったくの別世界にいた雪人には何のことだか咄嗟《とっさ》には見当がつかない。

小さく首を傾げたとき、総務係の男がそばを通りかかった若い男を「おい、小鳩《こばと》」と手招きした。

「念願の後輩が来たぞ。一緒に連れてったれや」

小鳩という名前らしい男が足をとめ、無遠慮に値踏みする視線を雪人に注ぐ。

雪人も、小鳩を観察する。急な異動だったため、班員のデータを受け取る暇もなかったが、どうやらこの二十代の後半に見える男は部下のひとりのようだ。

身長は雪人よりいくぶん低いものの、体つきはしなやかでしっかりしている。造作のくっきりとした顔は、人目を引くていどには整っている。

おそらく、自慢の容姿なのだろう。小鳩は、髪はもちろん、眉まで完璧に手入れし、ベルガモットを甘く香らせている。

女性や現場に出ない幹部職ならともかく、フレグランスをつけている刑事に会ったのは初めてだ。甘い香りと共に、必要な身だしなみを通り越した洒落《しゃれ》っ気《け》の強さを匂わせている小鳩は「うーん」と唸《うな》り、困惑したふうに総務係の男を見た。

「どっかよその班と間違えとるんと違いますかぁ。今日、四班《うち》に来るんは『ゴルゴ・サーティ』で、こんな学校出たてのお嬢ちゃんとちゃいますよ？」

「何や、その『ゴルゴ・サーティ』って」

雪人の抱いた疑問を、総務係の男が怪訝《けげん》そうに口にする。

「公安から異動してくる新しい班長です。近畿管区内の射撃競技大会で優勝したこともある射撃の名手やとか。で、歳《とし》が三十やから『ゴルゴ・サーティ』。俺がつけたんですけど、ええネーミングセンスしとるでしょ」

胸を張った小鳩が得意げに浮かべた、軽薄さが濃く匂い立つ笑みに眩暈を覚え、雪人は眉間に力を入れる。

「それはそうと、その新しい班長、総務部長の息子なんですよ。おまけに、財務省から転職してきた東大《とうだい》卒の元官僚《キャリア》やいう変わり種で、課長の知り合いらしいんですよ」

「ほう。そりゃまた、えらいのんが来るもんやな」

眉を撥《は》ね上げた総務係の男と一緒に、雪人も驚いた。

課長の宝坂眞《ほうさかしん》が警察庁から出向中の二十八歳のキャリアで、大学の後輩だということは辞令が下りたときに聞いている。

しかし、雪人は宝坂という男を知らない。

警察に限らず、公務員は基本的に、中央省庁に採用された国家公務員と、各都道府県に採用された地方公務員とに大別される。前者は俗に言う「キャリア」、後者は「ノンキャリア」だ。

様々な学歴や職歴を持った者がいるノンキャリアに対し、最難関の国家公務員I種試験を突破してキャリアとなるのは、そのほとんどが一流と目される大学の出身者だ。警察庁の場合は東京大学、それも法学部出身者の占める割合がとりわけ高い。

特に確かめはしなかったが、宝坂もおそらくそうだろう。

だが、雪人は同じ東大卒とは言っても経済学部の出身だ。三学年離れているのだから同じ授業を取っていた可能性はないし、一、二年生は駒場《こまば》、三年生以上は本郷《ほんごう》とキャンパスも違っており、接点などなかったはずだ。

もしかしたら、サークルの後輩だろうかと記憶を浚《さら》ってみたが、やはりその名にはまったく心当たりがない。

「そやけど、なんでまた京都へ戻ってきて、刑事しとるんや？　その新しい班長さんは。総務部長《おやじさん》の影響か？」

総務係の男に尋ねられ、小鳩は「さあ」と返す。

「俺も不思議で課長に訊《き》いてみたんですけど、顔見知りていどで親しゅうはないから、そこまでは知らんて言うてはりましたわ」

言って、小鳩は「もー、とにかく、六月のアンニュイさ、倍増な感じです」と鼻筋に皺《しわ》を寄せた。

「ほんま、今日は朝から憂鬱ですわ」

「憂鬱て、その班長が来るんが、か？」

です、と小鳩は渋い顔で頷く。

「何でや？　切れもんっぽい班長やないか。お前らの班のあちゃーな成績、上げてくれるんとちがうか」

お前らの班のあちゃーな成績。

総務係の男が発したその言葉が耳に引っかかり、学生時代の記憶の糸をたぐるのをやめた雪人の横で、小鳩が「俺はそうは思いません」と語気荒く否定する。

「キング・オブ・省庁の財務省の官僚辞めて、ノンキャリ警官になるような変人ですよ？　しーかーも、公・安・出！　陰険陰湿陰気な公安出なんぞに、少捜課《うち》の仕事は務まりませんて。大体、銃が支給されへんこの部署に射撃の名手が来ても、ウドの大木やっちゅうんですよ」

「ウドの大木は、身体がでかいくせに、そのでかさが何の役にも立たへん人間のことや。こういう場合のたとえは、『無用の長物』が正しい」

突然、話に割りこんできた雪人へくりんと視線を向け、小鳩が「へ？」と瞬く。

「それから、俺は三十やのうて、三十一や。仮にも刑事やったら、どんなささいな情報収集でも正確にせえ」

小鳩は一瞬きょとんとした表情を見せたあと、目を大きく見開いた。

「――し、椎名警部補、ですか？」

「そうや。けど、そんな堅苦しい呼び方せんでも、ゴルゴ何たらでかまへんで」

小鳩は雪人が誰だか気づいていなかったのだし、部下が上司の噂話《うわさばなし》をあれこれするのはごく普通のことだ。妙ちきりんな綽名《あだな》ていどなら気にしない。だが、単なる憶測に基づいて能力を疑われては、さすがにむっとする。

殊更にしっとりとした声音で吐いた毒が、小鳩の顔の色を一瞬で奪う。

「公安出の陰険な変人上司でさぞ嫌やろうけど、俺も部下は選べへんのんや。そやし、お互い様や思うて我慢してくれへんか?」

「は、はいっ。い、いえ、あの、そのぅ……」

しどろもどろになって忙《せわ》しなく視線を動かしていた小鳩が、ふいに「課長ぉっ」と情けない声を上げ、雪人の後ろから入ってきた人影に縋《すが》りついた。

「おはようございます、小鳩さん。どうかしたんですか、顔色が悪いですよ」

耳に流れこんできた極上のビロードを連想させるやわらかな声は、この八年間、鼓膜にこびりついたままはがれない響きとよく似ていた。

弾かれたように振り返った雪人は、若い長身の男を視界に捉え、息を呑んだ。

やや長めだが丁寧に整えられたつややかな髪と、秀でた額。みごとなアーモンド形を成して深い知性を湛《たた》える双眸に、くっきりとした高い鼻筋。気品と華やかさと男性的な色気が絶妙なバランスで融合した、目を瞠らずにはいられない圧倒的な美貌。

濃紺の三《み》つ揃《ぞろ》いを纏うすらりとした長身は腰の位置が高く、スーツの上からでもはっきりそれと感じとれるほど美しく引き締まっている。

八年前とはずいぶんと雰囲気が違う。

けれども、見間違うはずがない。

ゲイタウンのライブバーでチェロを弾いていたあの男だ。

そう確信した瞬間、頭の中で八年前の夏の夜の悪夢が爆《は》ぜるように蘇《よみがえ》る。そして、「気色悪いんだよ」と吐き捨てられた罵倒が耳の奥でこだました。

足もとからひどく冷たいものが背を這《は》い上がってくる。

動揺のあまり言葉もなくただ立ちつくす雪人を宝坂はまっすぐ見据え、「本日付で、特捜隊第四班の班長に就かれる椎名警部補ですね」と微笑《ほほえ》んだ。

「課長の宝坂です。よろしくお願いします」

見る者すべてに好感を抱かせるだろうあでやかな笑みとともに、宝坂は右手を差し出した。

触れられればどれほど心地よいだろうと夢に見た、指の長い美しい手。

けれどもそれは、あの日、雪人を汚物同然に払いのけた手だ。

「……こちらこそ、よろしくお願いします」

平静を装《よそお》ってそう応じるのが精一杯で、雪人は宝坂の手を取ることができなかった。それでも宝坂は特に気分を害したふうもなく、柔和な笑顔のままさり気なく手を引いた。

気まずくて視線を逸《そ》らしかけたとき、視界の隅で鈍い光がちらついた。

光を放っていたのは、宝坂の左手の薬指にはめられた指環《ゆびわ》だった。

京都府警本部生活安全部少年捜査課に所属する特別捜査隊——通称「特捜隊」第四班の班長を任じる辞令を受け取る数日前まで、雪人はある所轄署で警備課公安係の係長を務めていた。

所轄署から府警本部への異動だ。傍目《はため》には今回の人事は栄転のように見えるが、実際は懲罰的な左遷にほかならない。

発端は、転属してきたばかりの部下が行っていた捜査費の虚偽請求に雪人が気づいたことだ。目くじらを立てるような額ではないから、と暗に黙認を指示した上司を無視して、雪人はその件を監察に報告した。

公安は、警察組織の中でもとりわけ特殊な部署だ。

各都道府県の本部長や署長の命によって捜査がおこなわれる殺人や交通事故などの刑事事件と異なり、過激派やスパイの監視、テロの防止などを担《にな》う公安への指令は警察庁から直接下される。また、捜査活動費の支給も地方自治体ではなく国庫からなされる。

それゆえに、公安の刑事は「日本を守る、撰ばれた警察官だ」というエリート意識を抱くようになる。そして、一旦足を踏み入れれば、他部署へ異動することはごく稀《まれ》であるため、独特の強い絆《きずな》で結ばれる。交番勤務を経て、二十五歳で刑事になった雪人も、公安の世界しか知らない典型的な公安警察だった。

そんな世界で上司の命令に背き、身内を売った罪を問われ、雪人は公安を去るか、警察を去るかの選択を迫られた。

このまま警察に残ったところで二度と公安には戻れず、おそらくもう昇進も無理だとわかってはいた。だが、どちらを選ぶべきか、迷いはみじんもなかった。

たとえ内勤の事務職に追いやられ、備品の鉛筆をちまちま数えることが仕事になったとしても、雪人には京都府警に居続けたい意地があった。辞めるつもりはないと告げて命じられたのが、府警本部への異動だった。

元々、出世がしたくて警察官になったわけではない。エリートコースからの脱落を招いた自らの行動と選択を、まったく悔いてなどいなかった。

けれども、宝坂を前にして、雪人は初めてその気持ちが大きく揺らぐのを感じた。

「先週、太秦で高校生が塾の授業中にアルバイト講師の大学生を刺殺した事件があったでしょう?　被疑者が十七歳、被害者も十九歳の未成年でしたからね。巌谷さんは、太秦署に設置された捜査本部へ行かれているんです」

フロアの奥にあるガラス張りの課長室に雪人を招き入れ、宝坂はドアを閉めながらそう言った。

ここしばらくは、急に下った異動命令のために前任部署での引き継ぎや引っ越し作業に忙殺されていた。新聞を開く余裕もない毎日だったが、言われてみれば署内で耳にした記憶がかすかにある。

世間やマスコミからの注目度の高さを考えると、特捜隊の隊長自らが乗りこみ、迅速な動機解明を図らねばならない重大事件なのだろう。

だが、雪人にとっては自分を「ホモのオカマ野郎」と罵って振った男が、今、目の前に上司として立っていることのほうが遥《はる》かに大事件だった。

「巌谷さんはしばらく太秦署を離れられないでしょうから、報告事項等は副隊長の麻生《あそう》さんにお願いします。麻生さんには、のちほどご紹介します」

「わかりました」

声が震えそうになるのを、強く拳を握りしめて懸命にこらえた。

雪人は、八年前のあの夜の会話をすべて鮮明に記憶している。

小鳩の話から察するに、宝坂も雪人との一件を覚えているようだ。

互いに名乗りはしなかったが、あの夜、雪人は公務員になったばかりだということを告げている。おそらく、異動が決まったときに提出された雪人の個人ファイルの履歴や写真を見て、思い出したのだろう。

傷つけられた側はその記憶をなかなか忘れられなくても、傷つけた側はそうではない。普通はすぐに忘れてしまうものだ。なのに未《いま》だに覚えているのだから、宝坂にとって雪人の——同性からの告白は、記憶に焼きつくほどに不快な体験だったに違いない。

先ほどは周囲に数十人の課員がいたが、今は課長室でふたりきりだ。

宝坂の美しい顔がいつまたあの夜のように嫌悪と侮蔑にゆがむのかと考えただけで、胃がせり上がりそうだった。

「椎名さんは、刑事としても、指揮官としても卓越した能力をお持ちだとうかがっています。その優秀さを、少年捜査課《こちら》でも発揮してくださるものと期待しています」

ふわりとこぼされた笑みに、反射的に眉根が寄った。

「……何のご冗談でしょうか？　課長は、私が今ここにいる理由をご存じのはずでは？　私は部下もろくに管理できない無能者ですよ」

「私はそうは思いません」

雪人が漏らした自嘲を、穏やかな声音が包みこむ。

「公安内部のことですから、大まかにしか事情は聞いていませんが、保身に汲々《きゅうきゅう》とする幹部が多い中、椎名さんのとった行動は、賞賛に値すべき立派なものです。だからこそ、優れた率先垂範をしてくださるはずだと私は思っています」

雪人がおこなったことは、宝坂のような管理職に就く者がもっとも嫌う組織への裏切り行為だ。なのに、「賞賛に値する」と笑顔で評され、雪人は返す反応に困った。

あの店で雪人の心を奪った宝坂は、あからさまなまでに強烈な自信を纏って堂々としており、不遜でさえあった。見ているだけで、気後れを感じるほどに。

だから、まさか年下だとは思わなかったのだが、現在の年齢から計算すれば、雪人を「気色の悪いホモだ」と罵倒したときの宝坂は二十歳。まだ精神的に未成熟だったために、あのときは直情的にあらわにするだけだった嫌悪感を、官僚として洗練された今は遅効性の毒のような嫌味へと変質させたのだろうか。

一瞬、そんな可能性が脳裏をちらつく。しかし、宝坂の柔和な顔はまさに善人そのもので、そこにあるのはうっかり見惚《みと》れてしまいそうになる優美な笑みだけだ。ゆがんだ悪意など、どこにもかけらすら見当たらない。

「以前、椎名さんはどんなときも公僕としての使命を忘れないよう心がけていると仰《おつしや》っていましたよね。今回の件を知ったとき、あのときの言葉を思い出しました」

「……何が、仰りたいのですか?」

「椎名さんとは初対面ではないのですが、私のことを覚えておられますか?」

「だったら、どうだと言うんです?」

宝坂の意図がわからず、募る混乱から思わず声を硬くした直後だった。

「謝りたいんです」

「――は?」

真摯な響きを宿す声音に、雪人は驚くよりもまず深く困惑した。

「椎名さんの履歴には、財務省を辞めたのは八年前の八月だと書かれてありました」

もしかしたら、と宝坂は雪人をまっすぐに見据えて言葉を継ぐ。

「私の心ない言葉が、椎名さんを辞職に追いこんだのでしょうか？」

まさにその通りだったが、咄嗟にどう答えていいかわからず、不自然に沈黙してしまった。それを、宝坂は問いへの肯定だと受け取ったようだ。

「やっぱり、そうなんですね」

宝坂の形のいい唇から、小さく息が落ちる。

「今更、謝ってすむことではないとわかっています。ですが、あのときの私は、自分のことしか考えられない愚かな子供だったんです」

目を逸らし続けてきた己の性癖をようやく認める決心がついたのは、宝坂に恋をしたことがきっかけだった。それなのに、その想いは「気色悪い」と踏みにじられた。

戸惑いながらも徐々に形を成しはじめていたゲイとしてのアイデンティティーは、まだやわらかく脆弱《ぜいじゃく》だった。初めて好きになった男に投げつけられた蔑みの言葉に耐えられず、雪人の心は麻痺《まひ》し、正常な判断力を失った。

名前も知らない関係なのに、あの男には広い東京の街中で二度も出くわした。二度あることは三度あると言うのだから、東京にいると、またどこかで会ってしまうかもしれない。そして、ホモ、オカマと罵声を浴びせられるかもしれない。同僚や上司にも知られてしまうかもしれない。

そんな強迫観念にとりつかれ、恐ろしくてたまらなくなった。眠れなくなって体調を崩し、仕事など手につかなくなった。

だから、京都へ逃げ帰った。

けれども、逃げても何も解決しなかった。

宝坂に切り裂かれた心の傷は、八年経った今もまだ癒えてはいない。それどころか、あんなにも手ひどい拒絶を受けながら、未練を断ち切れてさえいなかった。

まるで呪いでもかけられたかのように、酷《ひど》い仕打ちを憎めば憎むほど愛《いと》しさまでもが心に降り積もり続けた。

どうあがいてもその呪縛から逃れられず、この八年の間、苦しめられ続けてきたのだ。

腹の奥底に澱《よど》んでいた恨みごとが一気につき上げてきた。

だが、それを口にすれば、吐いた言葉に未練がましい想いまでをも滲《にじ》ませてしまいそうで、何も言えなかった。

「こんな職務に就いていて恥ずかしい限りですが、どうせ逆算すればわかることですし、もうお気づきかもしれませんが、あの店でチェロを弾いていたとき、私はまだ十九でした」

宝坂は小さく微苦笑を漏らす。

「家出をして街をふらふらしているところをあの店のオーナーに拾われ、年齢を偽って住みこみで働かせてもらっていたのですが、関係を拒んだら監禁されてしまって」

あまりにも淡々とした口調だった。

そのせいで、告げられた言葉の意味を、雪人は一瞬捉えそこないそうになった。

「――え？」

「自分勝手な言い訳ですが、椎名さんにお会いした頃はまだそのときのトラウマから脱しきれておらず、精神的にとても不安定でした。椎名さんを見て、懐《なつ》かしくなって自分から声をかけたくせに、話しているうちに監禁されていたときのことを思い出し、つい我を忘れてしまったんです」

雪人は驚いて、絶句する。

はっきり言われずとも、宝坂が監禁中に何をされたかは、容易に想像がついた。

警察官としての経験から、性犯罪被害者が抱える深い懊悩《おうのう》も理解できる。暴行を受けた衝撃で男という生き物自体を恐れるようになり、父親や男兄弟とすら話せなくなる女性被害者もいるのだ。同性に襲われた宝坂が同性愛者を嫌悪するのは当然であり、それを責めることなどできるはずもなかった。

「椎名さんには、本当に申しわけないことをしたと思っています。すみませんでした」

深い悔恨の情を滲ませるその静かな声が、心の中で溜まってこごっていた澱にじわじわと沁みこんでくる。

宝坂の抱える過去を、雪人は痛ましいと思った。

どんなに苦しんだだろうと思うと、胸が締めつけられて辛《つら》かった。

しかし同時に、だからこそ宝坂にとって同性は決して恋愛対象にはなり得ないのだということを改めて思い知らされ、たまらなく悲しくなった。

こうして雪人に謝罪をしているくらいだから、監禁されたことはもう乗り越えられた過去なのだろう。

だが、自分を陵辱した同性愛者への嫌悪感はおそらく一生消せないはずだ。

「——あんな昔のことに謝罪などけっこうです」

伏し目がちに雪人は小さく首を振った。

「私は警察官になったことを後悔してはいませんし、それにあのタイミングで京都へ帰ってこなければ、今のパートナーには出会えませんでした。生涯の伴侶だと思える相手を得られたのは、課長のおかげも同然ですから、むしろ課長には感謝したいくらいです」

自分でも呆《あき》れるほどの嘘《うそ》が、するすると口からこぼれ落ちてきた。

八年前のあの夜以来、雪人の心の中には宝坂しかいない。

誰も好きになれず、人肌の温《ぬく》もりも忘れてしまって久しいが、そんなことを馬鹿《ば》正直《かしょうじき》にさらして、同じ男に二度も拒絶されるのは絶対に嫌だった。

ずいぶん紳士的になったらしい今の宝坂なら、たとえ雪人の気持ちを知っても酷い言葉で罵りはしないかもしれない。だが、どんなにやわらかく、婉曲《えんきょく》なものになろうと、それが拒絶を意味するのは同じだ。

塞がらず、膿んだまま血を滴《したた》らせている傷口をまたえぐられたら、今度はきっと完全に心が壊れてしまう。

「そもそも、常識的に考えて、失恋ごときで仕事を辞めた私のほうがおかしいんです。責められるべきは私の心の弱さで、課長ではありません。あの件はどうか忘れてください」

「……椎名さんがそう仰るのでしたら」

雪人があまりに簡単に謝罪を受け入れたことに拍子抜けしたのか、宝坂は少し戸惑ったような微苦笑を浮かべた。

「椎名さん。よろしければ、ひとつ、おうかがいしたいのですが」

「何でしょう?」

「今、お幸せですか?」

「ええ、とても」

雪人の重ねた嘘を、宝坂は疑いもしなかった。

安心しました、と口もとをほころばせ、この上なく美しい笑みを見せた。

関係各所に着任の挨拶をし、引き継ぎを終えたときには、昼をだいぶん過ぎていた。班内の実質的な補佐役である主任の徳元《とくもと》に「食事をしてきます」と告げて課のフロアを出たものの、食欲などみじんも湧かなかった。

結局、足が向いたのは地下の職員食堂ではなく、喫煙室だった。数人の先客に見知った顔がないのを確かめ、雪人は隅のベンチに腰を下ろしながら咥《くわ》えた煙草《たばこ》に火をつけた。

壁に背を預けて紫煙を吐くと、自然と細く息が漏れた。あるていど覚悟はしていたが、公安とはまるで勝手の違う子供相手の職場は気疲れして仕方がなかった。

しかし、その不慣れさ以上に雪人の心を疲弊させたのは、瞼《まぶた》の裏に灼《や》きついて消えない宝坂の笑顔だった。

――死ね、ホモのオカマ野郎がっ。気色悪いんだよ！

この八年間、雪人は頭の中に棲《す》みつき、壊れたレコードのように同じ台詞《せりふ》を繰り返す悪魔めいた完璧な美貌を宿す男の影を、愛しながら憎んだ。その憎しみがあったからこそ、恋しさに呑まれずにすんでいた。

なのに、手を伸ばせば届く距離に現れた生身の宝坂に許しを乞われ、優しい笑みを向けられて、平静でいられるわけがなかった。

あのときの宝坂には自分を拒む正当な理由があったのだと納得したのだから、妄執のような恋情を捨てるいい機会だ。そう何度言い聞かせてみても、雪人の心は頑《かたく》なに理性の語りかけに応じようとはしなかった。

頭の中の美しいチェリストの亡霊への憎しみが溶けたあとには、恋しさしか残らなかったのだ。

理知を湛えた穏やかな眼差しや、真摯な言葉を丁寧に紡《つむ》ぐ少し低めのなめらかな声。そして、あの吸いこまれそうにやわらかな笑顔。

八年の歳月を経て、紳士然とした官僚となって眼前に現れた今の宝坂に、己の心が息をするごとに搦《から》め捕《と》られてゆくのを雪人はとめられなかった。

妻帯者、それも同性愛者を嫌悪するホモフォーブへの横恋慕など、自分でも笑ってしまうくらい滑稽だ。

やりきれない気分で煙草を咥えていると、喫煙室に徳元が入ってきた。

少年捜査課の特別捜査隊は四つの班から成る。各班は班長とふたりの主任、四名の班員という七人編成だが、昨年末から人員不足に喘《あえ》ぎ、成績も隊内で地を這っていると言う四班は雪人を含めて五名のみだ。

四班では、去年の末に五十代の班員が、二ヶ月前には前任の班長が健康上の理由で急な退職をしている。そして、紅一点の女性班員は五月に出産し、現在は育児休業中だ。ほかにも、職務中の事故で長期入院をしている者がひとりいるらしい。

春の人事異動時に小鳩がひとり充員されたが、それ以降の人員補充はなかった。そのため、雪人が着任する今日までの間、班内で最年長の徳元が主任と班長代理を兼任していたそうだ。

徳元も煙草を吸いに来たのかと思ったが、「椎名班長。ちょっと、すいません」と喫煙室の外へ連れ出された。

「朝方、小鳩がえらい失礼をしたそうで。本人も反省してますし、よう言い聞かせますので、今回は私に免じてどうか処分は寛大にしてもらえませんやろか」

縦長の窓が連なる廊下の奥で立ち止まった徳元は、「この通りです」と豊かな銀髪の頭を深々と垂れた。

宝坂との再会の衝撃で小鳩のことなどすっかり忘れていた雪人は、父親のような歳の男に頭を下げられ、驚いた。

「――顔を上げてください、徳元さん。べつに、処分する気などありませんので」

改めて思い出すと多少むっとするものの、今はもうどうでもいい些細《ささい》なことだ。

「そう言うてもらえると、助かります」

徳元は安堵《あんど》した様子で頭をかいた。

「小鳩は、根は悪い奴《やつ》やないんですが、柔道の成績だけで妙に運よう世渡りしてきたもんで、どうにも鈍感で気が回らへん言うか……。まあ、けど、よう言うたら、大物と言えんこともないですよ。何せ、歳が近いから、ていう理由で、キャリアの課長を平気で飲みに誘うような奴ですし」

「課長を？」

耳を疑いたい思いで、雪人は目を瞠る。

警察は厳格な階級社会だ。

巡査長の小鳩に対し、宝坂は四階級上の警視。しかも、宝坂は警察官である前に官僚だ。そうした階級差と立場の違いに加え、小鳩の上には班の中のふたりの主任と班長の雪人、そして隊の副隊長、隊長補佐、隊長、さらにその上には主席調査官とふたりの課長補佐と九人もの上役がいる。

小鳩は二十七歳なので確かに歳は近いが、そんな理由で軽々しく口をきく非常識さがにわかには信じられず、雪人は呆れた。

「ええ。私も最初は常識外れにもほどがある思うて、肝をつぶしましたが、課長はえらいあっさりした鷹揚《おうよう》な人やし、独り身やからか、気軽に誘いに乗りはるもんですから、小鳩の奴、もうすっかり課長の友人気取りで。あんまり気安う口きくもんやさかい、時々端で見とってハラハラしますわ」

「え？　課長、結婚されてるんじゃ……」

「ああ、あの指環ですか？　私も最初は結婚してはるんやと思うてましたが、何や、婚約指環らしいですわ、あれ」

宝坂が妻帯者でなかったことを雪人は喜ぶ。だがすぐに、喜んだところで何の意味もない、とひっそりと自嘲した。

結婚をしていようといまいと、宝坂が決して手の届かない男であることに変わりはないのだから——。

「そのせいで、課長が春に赴任してきてしばらくは、そらもうすごい騒ぎやったんですよ」

「騒ぎ？」

「ええ。ただでさえ、若いキャリアは狙われるのに、あんな人の二倍も三倍も目立つ男前で、しかも実家は松濤《しょうとう》やそうですから。婚約者から略奪しようとする玉《たま》の輿《こし》狙いの強者《つわもの》が、続出したんですわ」

「ああ、なるほど。いかにも、な騒ぎですね」

そのときの騒動が目に浮かぶようだと思いながら力なく苦笑すると、徳元は「そうでしょう、そうでしょう」としきりに頷く。

「醜聞にでもなったら大事や、てお偉いさんは気を揉《も》んでましたけど、課長はどんな別嬪に言い寄られても毛ほどもなびかはらへんので、今はもう皆、諦めて、大人しゅう遠目の鑑賞で我慢してますわ」

徳元は茶目っ気のある性格なのか、その口ぶりは何の波乱も起きずに事態が終息したことをどこか残念がっているふうに聞こえた。

「まぁ、すり寄って相手してもらえる唯一の例外が小鳩や言うんも、色気のない話ですけど、あれはよっぽど婚約者の女性に惚《ほ》れ抜いてはるんでしょうなあ」

からからと笑う徳元の声が鑢《やすり》となって、鼓膜を削られているかのような痛みを覚え、頬がわずかに強張《こわば》る。

「……きっと、そうなんでしょうね」

不審な反応をしてしまわないよう、懸命に空笑いを作る。

無性に煙草が吸いたいと思った雪人に、徳元が「班長も、婚活中のハンターにロックオンされんよう、気ぃつけてくださいよ」と笑う。

「班長は男前いうより、別嬪さんですけど、何せ総務部長のお坊ちゃんで、アヤさんから――お祖父《じい》さんから三代続く京都府警のサラブレッド刑事ですしねえ」

雪人が大学一年のとき他界した祖父の綾太郎《あやたろう》は、親しい者からは「アヤさん」と呼ばれていた。久しぶりに耳にした懐かしい響きに、心の乱れが少し静まる。

「徳元さんは、祖父をご存じなんですか？」

「ええ、若い頃、所轄でお世話になりまして。本当に、男でも惚れ惚れしてしまうような侠気《おとこぎ》のあるお人でしたなあ」

徳元は目尻を下げ、しみじみと過去を偲《しの》ぶ表情を見せる。

「お葬式には私も出させてもろたんですが、実は班長のこと、よう覚えてます」

「え……。もしかして、ご挨拶させていただいたでしょうか？」

雪人は瞬いて問う。

祖父は定年を迎えてわずか二ヵ月後に、まるで警察に生涯を捧《ささ》げたような逝《い》き方《かた》をしたし、当時は父親が捜査一課長に就任した直後だった。そのため、葬儀の参列者はほとんどが警察関係者だった。そんな記憶はないが、あの頃はまだ関係の良好だった父親から紹介でもされただろうか。

「いえ、いえ。そやありません」

徳元はゆるりと首を振り、「遠目に拝見しただけです」と言った。

「遠目やったもんで、失礼な言《い》い種《ぐさ》ですけど、最初はお嬢さんかと思うたんです。それに、お隣に立ってはったお兄さんは総務部長にそっくりでしたけど、班長は見た目がちぃとも似てはらへんでしょう？　それで、えらい色気のある別嬪の息子さんや、てびっくりしたんですわ。班長は、お母さん似ですか？」

「母にもあまり……。私は、母方の祖母に似ているそうなので」

淡く笑んで、雪人は視線を窓の外へやる。

鉛色の空からはいつの間にか細い雨が降り出しており、窓の向こうの街は紗《しゃ》がかかったようにその景色をくすませていた。

2

少年捜査課の特別捜査隊は捜査一課などと同じく、重大な少年事件の発生した所轄署へ派遣され、事件が解決するまでの間、そこを拠点として捜査活動を行う。そのため、一年を通して隊員が府警本部の自分のデスクに座っている日はあまり多くはなく、雪人《ゆきと》も着任した翌日には班を率いて所轄署へ出向いていた。

四班の班長として雪人が初めて担当することになったのは、向島《むかいじま》署管内で発生した女子中学生による恐喝事件だった。

出会い系サイトで女子中学生と知り合い、関係を持った四十代の会社員が、その少女から「家族や会社に淫行をばらされたくなければ、金を出せ」と強請《ゆす》られたのだ。恐喝は再三にわたり、被害額が五百万近くにのぼったところで会社員がたまりかね、警察に駆けこんだことが事件発覚の端緒となった。

向島署の生活安全課との合同捜査班の名目上の指揮官は向島署署長だったが、実際は雪人の指揮の下で捜査が進められ、昨日被疑者を逮捕した。「女子中学生」の氏名はもちろんでたらめで、会社員への連絡は大阪《おおさか》のネットカフェから使い捨てメールアドレスを使用して、という手法に、中学生が要求するにしては大きすぎる金額。当初は美人局《つつもたせ》を疑っていたが、逮捕してみると女は元銀行員という職歴を持つ三十九歳だった。

暗い場所なら女子中学生に、明るい場所でも二十代に見える特異な容姿を利用し、被疑者は銀行をリストラされた二年前から、同様の恐喝を繰り返していたらしい。

「――わかりました。では、すぐにそちらへ参ります」

七月もなかばとなり、盛夏の到来を告げる蝉《せみ》の声が響きわたっていた朝のことだ。

被疑者が成人だったことが確認できたため、その身柄を向島署の刑事課に移す旨《むね》を副隊長の麻生《あそう》に報告する電話をかけると、府警本部への呼び出しを受けた。

「班長、何かありましたか？」

電話を切った雪人に、徳元《とくもと》が朝の会議で使う書類を渡しながら尋ねてきた。

「巌谷《いわや》隊長が太秦署から戻られたそうなので、挨拶に来るよう副隊長に呼ばれました。すみませんが、会議は私抜きでおこなってください」

了解です、と徳元が頷いたときだ。捜査本部の置かれている向島署の第一会議室に、「おはようっス！」と軽薄な挨拶を響かせて小鳩《こばと》が入ってきた。

捜査本部と言っても、今回は死者や怪我人《けがにん》が出た事件ではない。隊長の巌谷が出向いている太秦署の合同捜査本部や、捜査一課の精鋭が投入される殺人事件のそれと比べると、雰囲気はずいぶんとのんびりしている。

さすがに定時上がりはできないものの、署に泊まりこむことはない。四班の捜査員は皆、市内の自宅や寮からこの向島署に通ってきていた。

家庭の事情で独身寮ではなく、北山《きたやま》の実家住まいだという小鳩は最年少にもかかわらず、毎日始業時間ぎりぎりの出勤だ。遅刻ではないので特に注意はしていないが、小鳩のそうしたゆるい心構えが雪人は嫌いだった。

「お、何や、小鳩。昨日とスーツ、一緒やないか。昨夜《ゆうべ》は彼女ん家にお泊まりか？」

「あ、こいつ、ネクタイだけ替えてますよ。下手《へた》な芝居してもバレバレやぞ、お前」

周囲から飛ぶ冷やかしに、小鳩は「違いますって。俺がこないだ振られたの、知ってはるでしょ」とじっとりとした声を漏らす。

「昨夜は課長と飲んどったんですけど、つぶれて泊めてもろたんです。そんで、朝、出てくるときにネクタイだけでも替えて行け、てもろうただけです」

ノートパソコンの電源を切ろうとマウスを操作していた手が、思わずとまる。

話の輪に加わる気などみじんもない振りをしながら、雪人は全神経を集中して聞き耳を立てた。

「お前なあ。なんべんも言うとるやろ。課長は、お前より階級が四つも上のキャリアなんやぞ。あんまり馴《な》れ馴《な》れしゅうするんやない」

徳元に呆れた顔で諭されても、小鳩は「べつにええやないですか、仕事とプライベートは別なんやし」とへらりと笑う。

「それに言うときますけど、俺が課長を誘うより、課長から誘おてきはるほうがずっと多いんですよ。課長、京都にはあんまり知り合いがいいひんし、東京の彼女も仕事が忙しくて滅多《めった》に京都には来られへんから、早よ帰った日の夜とか土日は暇でしゃあないて言うてましたもん」

「ほー。何の仕事してんのや、その彼女」

「お前、見たことあるんか？　美人か？」

小鳩の周りで、興味津々《しんしん》の声が上がる。

「ゴールデンウイークに彼女が京都に遊びに来てはったときに一回会わせてもらいましたけど、めちゃめちゃ美人で、大学病院のお医者さんしてはるそうですよ。結婚して一緒に京都に来るつもりやったんが、彼女が何かの研究チームのリーダーに昇進して辞められへんようになって、結婚延期したって言うてはりました」

「東大卒のキャリアと、美人女医のカップルか。何や、映画みたいな組み合わせやな」

「課長の存在自体が、すでに現実離れしてますもんねえ」

どこか陶酔したふうな表情で、小鳩が相槌《あいづち》を打つ。

「顔も頭もアホほどええし。それにめっちゃボンボンやし。昨夜、課長のマンションへ連れて行ってもろうたとき、ほんま、びっくりしましたわ」

「そんなすごいとこに住んではるんか、課長」

「すごいも何も、フロント・コンシェルジュのおるホテルみたいなマンションで、プールとかジムまでついとるんですよ！　で、独り暮らしやのに部屋は4LDKで、お風呂《ふろ》は大《だい》理石《りせき》――」

言いかけて、何かを思い出したのか、小鳩は「あ、そうそう」と勢いこんだ。

「課長って、スーツのときはいかにもできるエリート官僚でしょう？　けど、風呂上がりは色気のあるワイルド系で、もー、めっちゃ格好ええんですよ！」

「おい、小鳩。女っけがないからて、課長に惚れるなよ」

「ほかの男はなんぼ金積まれても絶対にごめんですけど、課長にはマジでちょっとクラクラきましたわ」

「課長の迷惑考えてクラクラせえ、ボケ」

「課長のほうこそ、金もろても願い下げやわ」

どっと笑いが広がった瞬間、雪人の中でどす黒い嫉妬の炎が噴き上がった。

自分の知らない宝坂《ほうさか》の顔を自慢げに話す小鳩が嫉《そね》ましくて、羨ましくてたまらなかった。

「小鳩、昨日の報告書は？」

雪人が唐突に放った冷ややかな声音に、小鳩が顔を強張らせる。

「……あ、えと、まだです。色々と忙しかったので」

「ふらふら飲み歩く暇はあっても、報告書一枚書く時間はなかった、いうことか？」

うつむいて押し黙った小鳩の代わりに、「まあ、まあ、班長」と徳元が割って入る。

「班長が本部から帰ってきはるまでに書かせときますんで、堪忍《かんにん》したってください」

捜査対象が「少年」であるために拳銃の携帯が認められず、それゆえにほかの捜査課よりも一段低く扱われがちの少年捜査課は、花形とは言い難《いがた》い部署だ。もちろん望んで配属される者も多いが、京都府警最高幹部の一人である総務部長の息子で、しかも東大出の元財務省キャリアという経歴の持ち主に相応《ふさわ》しい配属先として見る目は少ない。

今回の雪人の異動の理由を知っているのは、課内では宝坂だけだ。事情のわからない四班の部下たちは、当然ながら最初は戸惑いを隠せない様子だった。

事件を未然に防がねばならない公安警察の捜査と、起こった事件を解決するための刑事警察の捜査とは根本的にその方法が異なっている。つまり、有り体に言えば、公安の刑事は公安としてしか使い物にならない場合が多いのだ。ただでさえ、隊内ではお荷物扱いされている四班のトップにそんな公安出身者が就くことで、班の成績がさらに迷走するのではないか、と不安がる声も出た。

しかし、確実な成果をもたらす雪人の指揮能力の高さや、父親の権威を笠《かさ》に着ることがまったくないとわかると、ぎこちなさは徐々にとけていった。

初日から雪人に「アヤさんの孫」として好感を抱いてくれていた徳元の補佐もあり、今では良好な信頼関係が築けている。

ただし、小鳩だけは例外で、ずっと関係は険悪なままだった。

警察手帳を入れたままスーツをクリーニングに出したり、重要参考人の氏名を間違えて書類に記入したりと、万事に粗雑な小鳩に対し、雪人は毎日何かしらの叱責をしている。必要以上に言葉がきつくなる理由を、小鳩を含め誰もが初日の失言のせいだと思っており、雪人自身もその振りをしているが、本当はただの嫉妬だ。

宝坂には熱愛する婚約者がいるとわかったのだ。日が経って再会の衝撃が和らげば、愚かしい恋情も薄れていくかもしれないと期待していた。本心から、そう願っていた。

けれども、実際には、大人になった今の宝坂にまた恋をしてしまっていることを強く実感しただけだった。気がつけばいつも、眼前には自分に微笑みかけてくれる甘やかな美貌が浮かんでいる。どれほど理性に諫《いさ》められても、好きだと思わずにはいられないのだ。

そして、こっそりその姿を盗み見ることすら叶《かな》わないせいで、恋しさは火を噴く勢いで日々募っていった。少年捜査課には、機動捜査隊以外にも複数の部署があり、課内に大勢いる警部補のひとりに過ぎない雪人にとって、宝坂は雲の上の存在と言っても過言ではない。一旦所轄へ出動すれば、日常的な接点など持ちようがなかった。現に着任日以来、宝坂とは一度も顔を合わせていない。

なのに、自分よりも階級の低い小鳩が、部下と上司の枠を超えて宝坂と親しくつき合っている。それが、雪人には我慢ならなかった。

「……では、徳元さん、後をお願いします」

頭の中をかき乱す不愉快さを振り払い、雪人は席を立つ。

京都では、梅雨《つゆ》明けは例年、ひと月にわたって続く祇園祭《ぎおんまつり》の最大の見せ場である山鉾《やまほこ》巡行の頃だ。だが、今年は、街を覆う雨雲はいつになく早く消えてしまい、七月に入ってすぐに夏がやってきた。

通用口から駐車場へ出たとたん、うるさく響く蟬の声を孕んで煮え立つ空気に全身を包まれる。雪人は細く息をついて、捜査車両に乗りこんだ。


小一時間ほどで府警本部に到着し、少年捜査課のオフィスに入ると、麻生が眉尻の下がった顔で出迎えてくれた。隊長の巌谷との顔合わせのために呼ばれたのに、巌谷に急用ができ、ちょうど雪人と入れ違いで庁舎を出たらしい。

この半月、声すら聞けていない宝坂の姿を一目でも見られるかもしれない、と淡い期待を抱いていたけれど、課長室の扉にも「外出中」の札が掛かっていた。

「それにしても、初仕事にしてはやっかいな事案やったのに、たった二週間で解決してくれるとはなぁ。公安出が少年捜査課で役に立ってくれるんか不安やったけど、杞憂《きゆう》やったな」

雪人の報告を聞き終わったあと、麻生は「ようやった」と表情を明るいものにする。

「どうや。四班にはもう慣れたか？」

「はい。おかげさまで」

小鳩との摩擦は、報告する必要のないことだ。

雪人がそう答えると、麻生は「そうか、そうか」と笑顔で頷く。

「巌谷隊長も太秦《うずまさ》から戻ってきはったことやし、幸先のええスタートを切れた祝いも兼ねたお前さんの歓迎会、せなあかんな」

「ありがとうございます」

隊内の宴会部長だと聞く麻生は、さっそく日取りや店を決めようと、手帳を取り出して開いた。

「椎名《しいな》はどういう店が好みなんや？　シュっとした色男やし、やっぱりこの近所の小料理屋よりは、木屋町《きやまち》あたりの小洒落た店のほうがええか？」

「いえ、皆さんが普段行かれているお店のほうが」

「遠慮せんでええぞ？　正直に好みを言うてみぃ。せっかくの、一回こっきりの歓迎会や。趣味やない店で、嫌いなメシが出てきたら、かなわんやろ」

「強いて言えば、辛い料理が少し苦手ですが、ほかには特に好き嫌いというほどのものはありません」

「そうか。酒は飲めるほうか？」

「ええ、そこそこ」

少年捜査課の「特別捜査隊」の名称は、部下から聞いた噂によると、子供受けを狙ってつけられたものだという。だからなのか、「隊」とは言っても、揃いの制服があるわけではない。

やや固太りぎみの身体にスーツを纏う麻生は、厳《いかめ》しい顔つきとは裏腹に、気配りがとても濃やかだ。酒は何が好きか、アレルギーはあるかなど、細かな質問をして、雪人の返答を手帳に書き留める。

「ああ、そうそう。それから、椎名。お前、煙草は？」

「吸います」

「ほな、煙草の吸える店にせなあかんな」

ペンを走らせながら、麻生が目もとを和ませる。麻生も喫煙者なのだろう。

「最近はどこもかしこも禁煙やの分煙やので、ほんまに難儀な世の中になったもんや。煙草一本吸うんも、一苦労やしな」

ですね、と雪人は微苦笑を返す。

「昔は刑事と煙草はセットみたいなもんやったのに、休憩中に喫煙室行くんも上司の顔色うかごうてビクビクせなあかん時代が来るとは、夢にも思わんかったわ」

「巌谷隊長は煙草がお嫌いなんですか？」

「ちゃうちゃう、隊長やない。課長や、課長」

言って、麻生は無人の課長室を視線で指す。

「……吸うと、何かペナルティでもあるんですか？」

ふいに飛び出た宝坂の話題に声が上擦りそうになるのをどうにかこらえた拍子に、眉が寄ってしまった。

その表情の変化が、宝坂への悪感情の芽生えにでも見えたらしい。麻生が少し慌てたふうに「そんなんは、ないない。課長はそんなことしぃひんぞ」と手を振る。

「上司の鑑《かがみ》みたいな、部下思いの、ええ課長やしな。あれはたぶん、煙草が大嫌いなんやろうけど、それをあからさまに表に出したりもしぃひん」

ただなあ、とため息をついた麻生によると、宝坂は日に何度も喫煙室へ通う部下のひとりひとりに「警察官は身体が第一の資本です。健康のために、少し本数を減らしてはいかがですか」と告げるらしい。

「課長に心配そうな顔されて、直々にそんなこと言われたら、逆らうわけにはいかんやろ？　そやし、煙草吸う奴は皆、あと何回で課長に声かけられそうか、数えながら喫煙室へ行っとるんや。それがストレスになって、結局、吸うんをやめた奴もおる」

苦笑いを浮かべ、麻生は手帳を閉じる。

「あの『健康第一にっこり爆弾』を目の前で落とされたら、ほんまに吸いづろうなるさかいな。椎名も、府警本部《こっち》におる日は、気ぃつけたほうがええぞ」

「そうします。ご忠告、ありがとうございます」

――果たして、宝坂は自分にもそんな気遣いをしてくれるだろうか。もし、宝坂と接触できるのなら、わざと本数を多くしてみようか。

雪人は伏し目がちに、そんな馬鹿馬鹿《ばかばか》しい考えをぼんやりと巡らす。

「それにしても、今日はあっついなぁ」

麻生は扇子を広げ、「頭ん中が溶けそうやわ」とぼやく。

もう少し宝坂の話を聞いていたかったし、どこに行ったのか、帰りはいつ頃なのかを問うきっかけがほしかった。だが、そこから話題はころりと変わってしまった。

やけに早かった梅雨明けのことや、数日後には露店が出始める祇園祭のこと。今年は鱧《はも》が高いという嘆き。そんな世間話に、雪人はしばらくつき合った。

こうして待っていれば、宝坂が戻ってくるかもしれないと思ったからだ。

しかし、三十分ほどが経っても、ささやかな願いが叶いそうな気配はなかった。いつまでもそうやって粘るわけにもいかず、麻生に内線の電話がかかってきたのを機に雪人は挨拶をして辞した。

課のフロアを出て、エレベーターに乗りこむ。宝坂に会えなかった落胆が、恋しさを煽《あお》り立てる。会いたい、声が聞きたいと思う渇望《かつぼう》に胸をかきむしられながら、一階で停《と》まったエレベーターをうつむき加減に出たとたん、制服を着た男と肩がぶつかった。

「すみま……っ」

謝ろうとして顔を上げ、雪人はぎょっとして息を呑んだ。

ぶつかった相手は、部下らしい男と宝坂を背後に従えた父親だった。

「下向いてちんたら歩くな、邪魔臭い」

むすりとそう吐き捨てられ、反抗心が頭を擡げる。

だが、現在総務部長の職に就く父親は、本部長、警務部長に次ぐ京都府警三番手の地位にある最高幹部だ。一介の警部補ごときが、口答えできる相手ではない。

まして、とうの昔に親子の縁を切った間柄ならなおさらだ。

「——申しわけありません」

これが何年ぶりの対面になるのか咄嗟には思い出せない父親に勘当を言い渡されたのは、雪人のカミングアウトがきっかけだった。とは言え、宝坂に対して抱く想いを父親が知っているはずもないけれど、ひどく落ち着かなかった。

とにかく一刻も早くこの場を去りたくて、雪人は形ばかり頭を下げる。

「いつまで経っても、面《つら》がまえの女々しい奴や。そんなやさかい、ええように舐《な》められるんや」

肩で雪人を弾き、父親はエレベーターに乗りこむ。

「飛ばされたあげく、銃《チャカ》取り上げられて、無様に刑事の生き恥晒《さら》しとらんと、さっさと辞めぇ。引《ひ》き際《ぎわ》を知らんアホほど、見苦しいもんはないぞ」

父親に一方的に毒づかれる様を、宝坂が驚いた目で見ている気配を感じ、さらに居たたまれない気持ちになる。

会いたくてならなかった宝坂が目の前にいるのに、同性愛を病気呼ばわりする父親の前では嬉しさを感じる余裕もない。

「言われなくても、担当事件の区切りがつけば辞めます」

雪人は反射的に言葉を投げつけ、父親に背を向けた。


父親から逃げるように庁舎を出て駐車場へ向かっていると、ふいに宝坂に呼ばれた気がした。空気をじりじりと揺らめかせている油照りが幻聴を聞かせたのかと思ったが、またすぐに、今度ははっきり「椎名さん！」と自分を呼ぶ宝坂の声が聞こえた。

振り向いた先に、足早に歩み寄ってくる宝坂の姿があった。

「よかった、間に合って」

「……何か、ご用でしょうか」

鼓動を乱す嬉しさを押し殺し、雪人は抑揚のない声で尋ねた。

「急いでおられないのでしたら、少し早いですが、お昼をご一緒しませんか？」

すぐさま頷きたい喜びが閃《ひらめ》く。けれども、父親との確執を知られてばつが悪い気持ちや、ふたりきりになれば何かの拍子に恋心を秘めきれなくなってしまうかもしれないという恐怖も湧く。

それらの感情が綯《な》い交ぜになって胸のうちでせめぎ合うせいで返事が遅れた雪人の顔を見て、宝坂が苦笑を漏らす。

「何か、急ぎの用がおありなんですか？」

「いえ、そういうわけではありませんが……」

「が？」

言葉の先を促し、宝坂が首をゆるく傾げる。

その甘やかに笑い和んだ美貌に見惚れそうになり、雪人は慌てて視線を逸らした。

痛いほど激しくなる鼓動が、ふたりになるのは危険だと警告を放つ。

「私は煙草を吸いますので……。課長は煙草がお嫌いだとうかがっていますから、ご迷惑かと」

咄嗟に口をついて出た下手な断り文句は、「べつにかまいませんよ」とあっさりとかわされた。ほかに断る口実を探したものの何も思い浮かばず、怪しまれないために承諾するしかなかった。

「十分ほど歩きますけど、いいですか?」

ええ、と応じ、下立売通《しもたちうりどおり》を西へ進んで路地へ入る。アスファルトの路面から立ち上る熱波と、降りそそぐ蟬時雨《せみしぐれ》。それらが混ざり合って揺らぐ中をしばらく歩き、案内されたのは小さな中華料理屋だった。

「ここの日替わりランチ、おいしいんですよ」

そう勧められ、宝坂と一緒に日替わりランチを注文する。

昼時にはまた少し間があるせいか、客の疎《まば》らなその店は、どう見ても大衆食堂の類だ。変色してくすんでいる壁にはポスターやチラシがべたべたと貼られ、窮屈な感覚で並べられている木製のテーブルに丸椅子、そして天井からぶら下がる裸電球。不潔感はないものの、昭和のまま時がとまってしまっているかのような店内は薄暗く雑然としていて、仕立てのいいスーツを隙なく着こなし、優雅な紳士然とした宝坂は明らかに異分子だ。

店の者には悪いが、思わず「掃き溜めに鶴」という言葉が頭の中に浮かぶ。

「この店は小鳩さんとよく来るんですが、本部の誰かに会うと、いつも今の椎名さんと同じ顔をされるんです。私がここで食べるのは、そんなに変ですか？」

「──変と言うか、意外ではありますね」

宝坂とふたりきりだという緊張感を突き破り、胸の奥から小鳩への嫉みがどろりと染み出てきて、眉根がかすかに寄った。

「どういう店なら、意外ではないんでしょう？」

おかしそうに宝坂は問う。

「東京から来た上流階級のエリートに相応しい、高級感のある店じゃないですか？」

「何だか、言葉の端々に棘《とげ》を感じるのは気のせいでしょうか？」

こみ上げてくる嫉妬に突き動かされ、つい吐いてしまった皮肉に、宝坂が淡く苦笑する。

「事実を申し上げただけで、他意はありません。あの、煙草、よろしいですか？」

「ええ、どうぞ」

気を静めたくて、雪人はスーツのポケットから取り出した煙草を咥えた。

急《せ》いた手つきで火をつける。

「椎名さんが煙草を吸われるのも、何だか意外ですね。てっきり、吸われない方だと思っていましたから」

「なぜですか？」

「そう仰っていましたから。私がチェロを弾いていたあのライブバーで」

何の心の準備もなく、一番触れられたくない過去を突然持ち出され、煙草を持つ指先が小さく震えた。

「椎名さん、しょっちゅう声をかけられていたでしょう？　多かったのが、火を持ってないかというわざとらしい問いかけで、椎名さんはいつも、吸いませんから、って素っ気なく追い払って、誰ひとり相手にしていなかったと聞きました」

「……誰に、ですか？」

「店の従業員です。悪趣味で申しわけないんですが、会話に聞き耳を立てていたんです。椎名さん、とても目立っていましたから、従業員の間でも人気があり、よく話題になっていたんです。今日は何人撃退された、とか、椎名さんが待ち合わせているのはどんな相手だろう、とか」

「……はあ」

あのライブバーは、当時学生だった雪人にはなかなか痛い出費になる店だった。酒代もリクエスト代も高かった。だから、雪人はいつも、宝坂のチェロを聴きながら酒を一杯だけ飲んで帰っていた。

毎回、訪れる日時や店にいる短い時間が同じだったため、どうやら店の従業員には、誰かとの待ち合わせ前の暇つぶしに来店していると思われていたようだった。確か、バーテンダーにそんなことを尋ねられた記憶がある。

宝坂はオーナーの恋人で、口説けば出入り禁止になる。そう聞いていたので、雪人はバーテンダーの勘違いを肯定する返事をした。けれども、それが嘘だということを、宝坂はとっくに気づいているはずだ。

にもかかわらず、こうして何でもない顔であのバーのことを話題にするのは、「恋人がいるから幸せだ」と着任日についた嘘を信じ、もう自分は恋愛対象にはならないと安心しているからなのだろう。

宝坂を騙《だま》しおおせたことに安堵しつつも、雪人はどうしようもない虚《むな》しさが胸に広がってゆくのを感じた。

「煙草、いつから吸われているんですか?」

「刑事になってからです。張り込みの際、ただ立ったり、座ったりしているだけ、というのはどうにも手持ち無沙汰だったものですから……」

そう答えたとき、日替わりランチが運ばれてきた。

愛想《あいそ》も恰幅《かっぷく》もいい女性店員が、かに玉チャーハンと溶き卵のスープ、サラダを宝坂と雪人の前に手際《てぎわ》よく並べた。

「今日は午前中、少年法について地元紙のインタビューを受けていたんです」

店員に礼を言った宝坂が、ふとそんな話題を持ち出す。

「来月、私も出席するのですが、京都で警察や法曹関係者が集まる少年法関連の全国会議があり、その特集を組むとかで」

節の目立たない長い指が、なまめかしいほどの優美な動きで散蓮華《ちりれんげ》を持つ。スープを掬《すく》い、それを口もとへ運ぶ何でもない仕種《しぐさ》のいちいちが美しく、見惚れてしまわないよう自制するのに苦労した。

「私は京都《こちら》へ来る前は、警視庁で捜査二課の管理官をしていたんですが、よくマスコミと揉めたので、お目つけ役として、総務部から椎名部長と広報課長が来られていたんです。少々窮屈でしたが、でも、そのおかげで京都府警の伝説の刑事から、色々と興味深い話が聞けましたよ」

京都府警の伝説の刑事、とは雪人の父親のことだ。

今では最高幹部のひとりとなり、現場を離れて久しいが、雪人の父親はかつては府下で起こった様々な難事件の捜査の指揮を執り、京都府警史上最年少で捜査一課の課長となった男だ。その手腕は、捜査一課では未だに語り草となっているらしい。

「総務部長は、椎名さんとは逆に、張り込みでの失敗がきっかけで禁煙されたんですよね」

「……そう、なんですか？」

雪人が首を傾げると、宝坂も同じ格好になる。

「ご存じなかったんですか？　夜、張り込みをしていたときに、煙草の火で見張っていることを被疑者に気づかれて逃走され、それが原因で煙草をやめた、とお話しされていましたが……」

「初耳です」

「お気に障《さわ》ったら申しわけありませんが、あまり良好な親子仲ではないようですね」

遠慮がちな声音が、うかがうように向けられる。

「私は、あの人にとっては恥でしかありませんから」

灰皿に灰を落としながら、雪人は唇を薄くゆがめる。

「頭のおかしい病人だと思われて、もうずいぶん前に絶縁されています。さっき顔を見たのが、……ほとんど十年ぶりです」

絶縁されたのは、正確には財務省を辞めて帰郷し、なかば自棄《やけ》気味に自分の性癖を暴露した八年前だ。

だが、恨みがましく聞こえるのが嫌で、年数をごまかした。

「どんなときも公僕としての使命を忘れないよう心がけている、と仰っていたのは、総務部長の警察官としての生き方を尊敬されてのことではなかったのですか？」

「あんな昔のこと、よく覚えてますね」

ふいにこぼれ出たのは、まるで何かを期待しているふうな言葉だった。

口にした直後にそれに気づき、冷や汗が背を伝ったが、「印象的でしたから」と静かに笑う宝坂は特別な意味には取らなかったようだ。

「……何年も記憶にとどめていただくほど、特別なことを言ったつもりはありません。良識のある公務員なら、誰もがそう思っているはずです」

「私の周りでは、そうではなかったので」

苦笑いを浮かべ、宝坂は肩を竦めた。

「課長のご家族も、公務員なんですか？」

「ええ。家族にも親族にも、うじゃうじゃ役人がいます。でも、彼らの頭の中を占めているのは自分にとっての、よくて所属している部署や省庁の損得勘定だけで、『公僕の使命』なんて言葉は誰の口からも一度も聞いたことがありませんでした。役人は皆そんなものだと思っていたので、椎名さんの言葉はとても新鮮だったんです」

「公僕の使命、というのは祖父の口癖です」

灰皿に煙草を置いて、雪人は水を飲んだ。

宝坂と個人的なことを話すのは、何だかひどく落ち着かず、喉が渇いた。

「祖父も府警の刑事だったんです。父とは違い、所轄の一刑事として定年を迎えましたが」

「では、警察官になられたのは、お祖父さんの影響ですか？」

「それもあります。でも一番の理由は、父への嫌がらせです」

警察官になったのも、公安の件で辞職よりも左遷を選んだのも、自分を変質者呼ばわりする父親への反発心から生まれた選択だった。

「嫌がらせ？」

そうです、と頷き、雪人はまた煙草を咥えて、細く紫煙を吐く。

「父にとって警察は人生のすべてで、その警察社会において、同性愛は最大のタブーのひとつですから。私が警察官になれば、父の神聖な職場を土足で汚すことになるでしょう？それに、私の性癖が公になれば、父の出世の妨げになるだろうと思ったんです」

空でたゆたい、ぼんやりと溶けてゆく紫煙を眺めていて、雪人は気づいた。

父親と直接言葉を交わしたのは、黙って京都府警の採用試験を受け、合格したことを人づてに聞いたらしい父と大喧嘩《おおげんか》をして勘当を言い渡され、そのまま家を飛び出して以来だ。

「私には自虐趣味はありませんので、わざわざ自分から吹聴《ふいちょう》する気はありませんが、私が警察官になって以降は、いつ出来損ないの息子の性癖が露見するか、父は気が休まる日がなかったでしょうし、いい気味です」

でも、と宝坂は微苦笑を落とす。

「椎名さんの実績を拝見すると、とても部長への嫌がらせだけで警察官をされているようには思えませんが……」

「幸か不幸か、私にも警官の血が流れていたようですから。祖父や父のように天職とまでは思いませんが、多少の愛着はあります」

「なのに、辞めるんですか？」

宝坂が語調を強くして、問いかけてくる。

「先ほど、そう仰っていましたよね？」

父親に投げつけた「辞める」という言葉は、その瞬間は憤《いきどお》りの産物だった。けれどもふと、本当にそうするべきかもしれない、という思いが湧いた。

キャリアは約二年ごとに異動を繰り返すので、今年の春に赴任してきたという宝坂の京都での任期はあと一年半ほどだが、その期間を耐えきる自信が雪人にはなかった。

決して叶わないこの恋のことを考えると、まるで杭《くい》でも打ちこまれたかのように胸が痛むし、宝坂の話題を耳にしただけで気持ちが大きく乱れてしまう。

それに、自分が呆気《あっけ》ないほどに心の弱い人間だということを、雪人は八年前に思い知っている。あのときはまだ右も左もわからない新米官僚に過ぎず、突然辞めたところでかかる迷惑もたかが知れていたが、今は違う。

何より、現在の職場には、人間の心情を探るプロが揃っている。もし、この気持ちを誰かに勘づかれでもしたら——。

そんな可能性を考えた瞬間、身体の芯が凍《い》てつくように冷えた。

自分の性癖が露見するのは、かまわない。

だが、そのことで宝坂に迷惑をかけたくない。

かつて同じ世界に身を置いていたからこそ、官僚の出世争いの熾烈《しれつ》さを雪人は知っている。同性愛者に目をつけられた不運を同情されるくらいですめばいいが、悪くすれば根も葉もない噂を立てられ、宝坂の足を引っ張る材料になりかねない。

警察官という職業に愛着を覚えていることは事実ではあるものの、同じ職場にいたところで、想いが通じ合う奇跡など起きるはずもないのだ。

中途半端な距離の近さなど、自分の恋が決して実らない現実を突きつけられて、辛いだけだ。そんな苦しみに耐えかねて、我知らず気持ちをさらけ出し、宝坂の足枷《あしかせ》になってしまう前に、辞めるべきだろう。

警察を辞めても、生計を立てる当てはある。大学在学中に取ったまま持ち腐れになっていた会計士の資格を活《い》かせる職場なら、贅沢《ぜいたく》を言わなければ比較的容易に見つかるだろう。

あるいは、母親の実家の壱谷《いちたに》家で雇ってもらうという手もある。壱谷家は元禄《げんろく》の頃より続く華道流派「佐保竹《さほたけ》流」の家元で、雪人もその師範免状を持っている。家元の伯父《おじ》には息子同然に可愛がられているので、頼めば断られはしないはずだ。

「……そのつもりです」

「もしかして、私のせいですか？」

狼狽《うろた》えるな、と雪人は咄嗟に自分に言い聞かせた。

不審感を抱かせないよう、雪人は宝坂の目を見て、静かに「違います」と首を振る。

「課長とは関係のない理由です」

「しかし、公安内部での不正を告発すればどうなるかわかっていながら、あえてご自身の良心に従ったということは、それなりの覚悟を持って警察に残られたのでしょう？」

宝坂は、雪人の心のうちを探ろうとするかのように双眸を細めて言う。

「なのに、着任してひと月も経たずにその意思を翻されたのは、私の下では働けないと思われたからではないのですか？」

言い当てられたことで却《かえ》って開き直り、もっともらしい嘘が頭の中に湧いて出た。

「課長は私を買《か》い被《かぶ》りすぎです。身内を監察に売ったのも、それで左遷されてもなお、こうしてのうのうと警察に居座っているのも、父の顔に泥を塗ってやりたくてのことですし、辞めようと思ったのは、単にプライベートなことで気が変わっただけです」

「差《さ》し支《つか》えなければ、詳しい理由を教えていただけませんか？」

「先日、パートナーに一緒に暮らそうと言われたんです。警察にいては、配偶者か血縁としか同居できないでしょう？　だからです」

まったく予想外の答えだったのだろう。

宝坂は、呆気にとられたふうにぽかんとした顔になる。

「この仕事に愛着があると言っても、そのていどのものですし、こういう言い方が適切なのかはわかりませんが、寿退社のつもりです」

「そう、でしたか……」

困惑交じりの宝坂の笑みは、少し引《ひ》き攣《つ》っているように見えた。

大方、男ふたりが睦《むつ》み合う愛の巣でも想像して、気分が悪くなったのだろうと乾いた気持ちで思いながら、雪人は灰を落とした煙草を咥え直す。

宝坂に警戒心を抱かれたくない一心とは言え、いもしない恋人と幸せな家庭を築く振りをする自分が惨《みじ》めでならなかった。

「事情はわかりましたが、辞めるのはもう少し、せめて秋まで待ってもらえませんか？少年捜査課は、人員補充を他部署の後回しにされています。人事に改善を要求してはいますが、椎名さんのあとをすぐに補充するのはおそらく無理でしょうから」

「また徳元さんに、班長代理をお願いすればいいじゃないですか」

「刑事としての能力の高さと、指揮官のそれとは必ずしも一致しません。椎名さんも、徳元さんが班長代理を務められていた間、四班の成績が低迷していたのはご存じのはずです。徳元さんは明らかに兵隊タイプで、指揮官に向く方ではありませんよ」

隊長ならともかく、課長である宝坂がたかが一班についてこれほど詳しいのは、四班に小鳩がいるからなのだろう。

大した寵愛《ちょうあい》ぶりだと思いながら、雪人は紫煙を燻《くゆ》らせた。

「それに、一番人手を必要とする夏休みの今、急に辞められては本当に困ります。どうか、考え直していただけませんか?」

雪人が告げた「辞めたい理由」に正当性はない。それでも嫌だと言い張れるほど、身勝手にはなれなかった。

「……わかりました。秋までなら」


大正《たいしょう》時代に作られたという凝った意匠の窓を開けると、眼下に広がる川床の賑《にぎ》わいが座敷にも届いた。

ぼんぼりや提灯《ちょうちん》が花鎖のようにずらりとつらなり、夜の闇の中でつやめかしい光を咲かせている。どこかで祭りか、何かのイベントでもあったのだろうか。祇園祭の露店が出るのは明日からなのに、川床のテーブルや、その下の河原《かわら》の遊歩道には、やけに浴衣《ゆかた》姿のカップルが多い。

夜空へ弾けてゆくような楽しげな声や、笑いのさざめきが癇《かん》に障り、雪人はひっそりと眉を寄せる。そして、広い窓縁に腰を下ろして咥えた煙草に火をつけ、まばゆい光の海に向かって紫煙を吹きかけた。

「おい、ユキ。その辛気臭い顔、やめや。酒がまずうなる」

上座で冷酒を満たした江戸切子《えどきりこ》のグラスを傾けていた夏羽織《なつばおり》姿の壱谷貴文《たかふみ》が、雪人を軽く睨《にら》んだ。

「そら、かんにん」

しっとりと煌《きら》めく光の花をぼんやりと眺めて返し、雪人は持っていた灰皿のふちで煙草を軽く叩《たた》く。

鴨川《かもがわ》沿いにある馴染《なじ》みの料亭の個室で向かい合っている貴文は、ひとつ年上の母方の従兄《いとこ》だ。今日は朝から一日、佐保竹流の前家元夫人である祖母に芝居見物だの買い物だのと連れ回された。今は、その慰労会も兼ねた夕食をふたりでとっている最中だった。

壱谷の祖母には、どうにも傍迷惑な趣味がある。自慢の孫である貴文と雪人に自分の見立てた着物を着せて劇場や茶会へ連れ出し、「うちの孫は、そこいらの役者より、ずうっとええ男ですやろ?」と見せびらかして回るのがとても好きなのだ。

着せ替え人形扱いの上に見世物にされるのは、はなはだ不本意だ。普段なら祖母に誘われると必死で断る理由を探すのだが、昨日の夕方、現在雪人が指揮を執っている捜査本部のある洛南《らくなん》署で電話を受けたときには迷わず了承した。

今日が土曜だったため、祖母は雪人もこの週末は休みだと思っていたらしいが、専従捜査員にはカレンダーの休日など関係ない。しかし、不良少年グループの抗争に起因した傷害事件の捜査をおこなった今回の本部は、週明け早々に解散する予定だ。幾人かの参考人の聴取と関係書類の作成を残すのみなので、徳元に任せても問題はないだろうと判断し、雪人は二日間の年次有給休暇を取ることにした。

日頃の祖母への不義理を反省したからではなく、小鳩の顔を見たくなかったからだ。

小鳩は典型的な体育会系の人間だ。警察官として持つべき基礎的な法律の知識も乏しいが、それ以前に日本語能力が壊滅的だった。提出する書類は常に誤字脱字だらけで、どこを間違っているかを指摘しても一度ですべてを訂正することができない体たらくなのだ。だから、いつもなら時間の節約のために小鳩の書類は雪人が手直しをするのだが、昨日は最後の一字が直るまで、辛辣な嫌味と共に報告書を突き返し続けた。

警察を辞める決意をしたものの、宝坂に引き留められたのは五日前のことだ。

あれ以来、宝坂とは会っていない。

あのやわらかな微笑みを一目でも見たい、と恋しさは膨らむ一方だけれども、実際に目にすれば苦しみも増す。だから、このまま距離を置いて、秋まで過ごしたい。

相反する気持ちをどう宥《なだ》めればいいのかわからず、息苦しさを抱えて毎日をどうにか過ごしていた雪人の前で、小鳩は昨日また、宝坂から受けている寵愛をひけらかした。

いつも以上にへらへらとした顔で、最年少のくせに班の誰よりも遅く出勤してきて、徳元たちにこう言ったのだ。

『俺、昨夜、課長に祇園へ連れて行ってもろたんですよ』

『どんな店へ行ったんや？』

飛んできた問いに、小鳩は一見客は入店できないお茶屋の名前を返した。

『お前は～。まさか、課長に、舞妓《まいこ》遊びがしたい、てねだったんやないやろな』

『ちゃいますよ。ねだったりはしてません。ただ、そこへ行く前に一緒に晩飯食うとった店で、たまたま舞妓の話になったんです。そんで、お茶屋にはまだ行ったことがない、て言うたら、連れて行ってくれたんです』

『あほう！　そういうんを、ねだった言うんや』

『え～。ねだってませんって。ほんまに課長から、行こか、て誘うてくれはったんですよ？』

それが破格の特別扱いであることを自覚した顔で小鳩がそう告げた瞬間、雪人の頭の中は嫉妬で埋めつくされた。

決して胸を張れることではないが、公安仕込みの精神攻撃には自信がある。たった二枚の報告書を一日がかりでようやく書き上げたとき、小鳩は憔悴《しょうすい》しきっていた。

自分でもやり過ぎだと何度も思ったし、そもそも宝坂が小鳩を可愛がっているからと言って、小鳩自身には何の非もないことは百も承知している。それでも、暴走する嫉み心をどうしても制御できなかった。

身体の内側でのたうつ黒く濁った感情はしばらく静まりそうもなく、こんな状態で小鳩の顔を見れば、また何を口走るかわからない。

だから、頭を冷やす時間がほしかったのだ。

滾《たぎ》る嫉妬で理性が溶解してしまわないように——。

こんな調子で、夏休みが終わるまでのあとひと月半を乗り切れるだろうか。恋心をちゃんと秘められるだろうか。この恋を宝坂を苦しめるものにしたくないのに、脆《もろ》い心が悲鳴を上げて、何か馬鹿な行動を促したりしないだろうか。

雪人は短くなった煙草をもみ消して窓を閉め、深く息を落とす。

「ほんまに、お前は何を朝からため息ばっかりついとるんや」

「世の中の幸せなカップルなんぞ、皆死んだらええ思うて」

「あぁ？　ほな、俺と菫《すみれ》にも死ねてか？」

一ヵ月後に結婚を控えている貴文は、片眉を撥ね上げてすごんで見せる。

肩口まで長く伸びた髪を野武士のように無造作に括《くく》っている貴文は、佐保竹流の次期家元という雅やかな身分に相応しい凛《りん》とした精悍《せいかん》な美丈夫だ。なのに、こうしたやくざ者めいた装いや仕種が妙によく似合う。

「正直、最近、お前らのバカップルぶりが何や憎たらしぃ」

着物の裾を正して座り直し、雪人は頰杖《ほおづえ》をついて貴文を眇《すが》め見る。

床の間の前に座す貴文は、夏大島《なつおおしま》の着物から格子絽羽織《こうしろばおり》まで浅葱《あさぎ》の濃淡を使って清涼感を纏っている。対して雪人の装いは、黒味がかった江戸紫《えどむらさき》の絽《ろ》の絞りに、堅絽《たてろ》の羽織は刺繡《ししゅう》をあしらった臙脂色《えんじいろ》という大胆なものだ。

一見して女めいたその色使いは、もちろん祖母の趣味である。祖母は、自分の若い頃によく似た容姿の雪人を華美に装わせることを好む。しかし、その目利きの確かさゆえに、祖母の選んだ着物に下品な派手さが漂うことは決してない。

今日も行く先々で貴文以上に感嘆と賞賛の眼差しを集めた雪人に、祖母はいたく満足げだった。

「人の幸せを根暗に羨んどらんで、お前も誰かええ奴見つけろや、ユキ。お前、自分で気いついとるか？　東京から帰ってきてから、年々陰気臭なっとるぞ」

「根暗にもなるわ」

雪人は頰杖をついたまま、左手の指先で青い切子グラスを戯《たわむ》れに弾く。

「親には異常者扱いされて縁切られて、そやのに昇進するたびに親の七光やて周りから僻《ひが》まれて、この八年間、ストレス溜まるばっかりで、ええことなんか何もなかったんやし」

「あのなぁ。そやから、そういう嫌なことを忘れさせてくれる奴を早よ見つけろ、て言うてんのや。このまま宝坂とか言う東夷《あずまえびす》への不毛な片恋引《ひ》き摺《ず》りながら年食うて、ジジィになったときに独りが寂しなったらどうするんや」

血縁者の中で雪人の性癖を知っているのは、家族をのぞくと貴文だけだ。

佐保竹流の現家元である貴文の父親は、博識の文化人として人気が高く、様々なテレビ番組に出演している。家元の付き人として局に出入りしていたことがきっかけで学生時代に雑誌のモデルをしていた貴文は、交友範囲が広い。ゲイの友人も何人かおり、雪人にとってはただひとりの理解者だった。

「そんときは、老《ふ》け専《せん》サイトにでも行く。今は、何でもネットで探せる便利な時代やしな」

「あほう。俺は真面目《まじめ》に言うとんのやぞ」

自分と雪人のグラスに冷酒を注《つ》ぎ足しながら、貴文は眉をひそめる。

「何ぼお前が女でも滅多におらん別嬪でも、マニア受けしかしぃひん歳になったら、好みの相手探すんはさすがに難しやろ。ええ男捕まえるんは、選《よ》り取《ど》り見取《みど》りの今のうちやと思うぞ」

言って、貴文はグラスを口もとに運ぶ。

「なあ、ユキ。俺にはその男のことはどうもしてやれんけど、よさそうな奴の心当たりやったらいくつかある。明日も休み取ってんのやったら、誰かに会うてみぃひんか？」

万が一にも報われるはずのない想いを抱えたまま、さもしい嫉妬心を撒《ま》き散らすのはあまりに醜悪だ。

恋人がいる、と宝坂に吐いた嘘が嘘でなくなれば、八年間囚《とら》われていたこの暗く冷たい底なし沼から抜け出せるかもしれない。頷くのが最良の選択だと頭では理解しているのに、力なく項垂《うなだ》れることしかできなかった。

「しょうのないやっちゃなぁ、お前は」

吐息する貴文が漏らした声は、愚かな子を見捨てられず、諦観して慈《いつく》しむ親のようにやわらかかった。

「ほな、まあ、気が変わったらいつでも言えや。お前に似合う顔・金・頭の三拍子揃うた奴を、ぎょうさん用意しといたるさかい」

「……ありがと」

貴文の気遣いを嬉しく思う一方で、宝坂への執着心を捨てられない己の頑なさがどうしようもなく情けなく、気が滅入《めい》った。

しばらくは他愛《たわい》もない話をしながら静かに酒を飲んでいたが、九時が近くなった頃、どちらからともなくもう帰ろうと腰を上げた。

浮かない気分で狭い廊下を玄関に向かっていた途中のことだ。

通りかかった部屋の夏障子《なつしょうじ》が突然開き、中から飛び出してきた男とぶつかった。衝撃で後ろ手に倒れこんだ雪人は、のしかかる酒臭い男を睨みつけようとして、目を瞠った。

頭上で呻《うめ》いていた男は、小鳩だった。

「ユキっ。大丈夫か？」

「すみません、大丈夫で——椎名さん？」

先を歩いていた貴文が背後で上がった大きな音に振り向いたのと同時に、部屋の中から続いて現れた宝坂が雪人を見て驚いた顔をした。

その姿に雪人もまた言葉もなく呆然《ぼうぜん》としたとき、胸のあたりに生暖かい感触がどろりと広がり、異臭が鼻をついた。小鳩が嘔吐《おうと》したのだ。

反射的に尖《とが》った怒りが湧き起こる。しかし、「何しさらすねん、ワレっ！」と貴文の轟《とどろ》かせた怒声の激しさが、それを殺《そ》いだ。

「さっさと退《の》け！　殺されたいんかっ」

雪人の上に蹲《うずくま》っていた小鳩は、スーツの襟首を背後から貴文に乱暴に摑《つか》まれ、上半身を反らして苦しげに呻いた。

「あかん、貴文！　首絞めたら、吐いたもんが喉に詰まる」

警察官の性で咄嗟に制すと、渋々の表情で貴文が小鳩から手を放す。

小鳩は雪人の脚の上に乗ったまま、背を丸めて咳《せ》きこんだ。内心は不快だったが、宝坂の見ている前で蹴り飛ばすわけにもいかない。雪人は仕方なく、苦しげに上下する背をさすってやった。

「着物も羽織も、もうあかんなぁ。よぉ似合うとる色やさかい、気に入っとったのに」

貴文が忌々《いまいま》しげに言いつつ、袖口から出したハンカチで胸もとの汚れを拭ってくれた。

「本当に申しわけありません、小鳩さん、急に気持ちが悪いと部屋を飛び出してしまって、とめる暇がなくて……。着物は弁償しますので」

「けっこうです。小鳩には到底払える額じゃありませんから」

でしょうね、と宝坂が微苦笑を落とす。

「ですから、私がお支払いします」

「なおさら、けっこうです。課長にそんなことをしていただく謂《いわ》れはありません」

言葉を叩き返すように、雪人は宝坂の申し出を撥ねつけた。

今更ながらに、小鳩がまた宝坂とふたりで飲んでいたことに気づき、胸が痛いほどに波立ったのだ。

「いえ。吐くほど飲む前にとめなかった私の責任ですから、遠慮なさらないでください」

警察官でも幹部であれば、原則的に週末は休日だ。にもかかわらず宝坂は、朝から所轄で溜まった書類を片づけていたはずの小鳩と同じスーツ姿だ。

休日の宝坂にわざわざこんな格好をさせ、呼び出すことのできる小鳩への嫉みが、胸の奥からどろどろと溢《あふ》れ出てくる。

激情に駆られて声を荒げそうになった寸前、貴文が「しつこいぞ、ワレ」と宝坂の肩を小突いた。

「無粋な東夷の胸糞《むなくそ》悪い金なんぞ、ビタ一文受け取る気はない。その迷惑なアホ連れて、さっさといねや」

貴文は、宝坂をきつく睥睨《へいげい》してすごむ。

たったひとりの相談相手である貴文には、宝坂のことはほとんど話してある。訛《なま》りのない話し方や、雪人が「課長」と呼んだことで、宝坂が誰であるか気づいたようだ。

「そうはいきません。このままでは、こちらの気がすみませんので」

宝坂は一八〇センチを超える長身だが、貴文はさらに高い。

なまじ顔が整いすぎているぶん、大抵の人間は貴文に威嚇されるとたちまち顔色を失うものだが、宝坂は怯《ひる》む様子もなく毅然《きぜん》と答えた。

「そんなこと知るか」

そう吐き捨てた貴文の足もとで、「水ぅ」とのろのろと顔を上げた小鳩が、雪人を見て目を大きく瞬《しばた》かせ、ふにゃりと笑った。

「うわぁ、めっちゃ美人やぁ」

小鳩は相当に酔っているらしい。自分が誰を押し倒したのかまったくわかっていないばかりか、男物にしては鮮やかな色使いの着物を着た雪人を女と見間違っているようだ。

うっとりした様子で、小鳩は酒臭い息を落とす。そして、何を思ったのか、雪人の腰に両腕を回し、腿《もも》に顔を乗せてきた。

雪人は驚いて身をよじったが、小鳩は「気持ちえぇ」と甘えた声を上げてきつくしがみついてくる。

「課長ぉ、気持ちええですぅ。天国ですぅ」

「小鳩さん、手を放しなさい。それは椎名さんですよ？　よく見てください」

「えぇー、ゴルゴぉ？」

抱きついたまま顔だけを動かし、小鳩は雪人をじっと見上げた。しかし、すぐにまただらしなくゆるめた頬を雪人の膝に擦りつけた。

「もー、全然違うやないですかぁ。ゴルゴはこんな美人やのうて、もっと鬼みたいに目ぇの吊り上がった、陰険でネチネチした……」

ふいに言葉を詰まらせたかと思うと、小鳩は雪人の腰に回す手に力を込めてしがみつき、突然泣きはじめた。

小鳩がだらだらと垂れ流す涙と鼻水で、着物が見る間に湿ってゆく。

「くそぉ、陰険モヤシぃ、クソゴルゴぉ……。陰険モヤシぃ」

知らない間に、妙な綽名がさらに増えたようだ。

むっとして眉を寄せた雪人に、宝坂が苦笑を向ける。

「あの、悪酔いしてしまっているだけですから……。どうか、許してあげてください」

その庇《かば》うような口振りが鼓膜に刺さり、もう我慢ができなくなった。

「言われなくても、酔っ払いの世迷言《よまいごと》にいちいち腹を立てるほど狭量ではありません」

しがみつく小鳩を容赦なく払いのけて、雪人は立ち上がる。弾みで雪人の腿から転がり落ちた小鳩が「ふぎゃ」と奇妙な声で鳴いた。

3

つい先日、梅雨は明けたはずなのに、灰色の空からはまた細い雨が散っている。

午前中に一コマだけ取っていた授業が休講になっていたので、映画を観《み》に渋谷《しぶや》へ行き、雪人《ゆきと》は今日はついてないと思う。満席だ。仕方なく、次の回のチケットを買い、上映時間になるまで買い物をして時間をつぶすことにした。

そして、ふらりと立ち寄ったCDショップの店内で、クラシックコーナーに佇む長身の若い男へ視線が吸い寄せられた。自分と同じようなTシャツにジーンズという普通の格好から放たれる、圧倒的な存在感。やたらと目立っていたその男の横顔を視界に捉えた瞬間、憂鬱な気分が吹き飛び、瞳孔が開く衝撃が襲ってくる。

二週間前に一度会ったきりの、名前も知らない男だけれど、はっきりと確信できる。

酔った勢いで友人たちとゲイタウンへ繰り出したあの夜、雪人がリクエストした「クライ・フォー・ザ・ムーン」を情熱的に奏でてくれたチェリストだ。

——まさに一瞬で雪人の目も耳も奪い、ゲイだということを自覚させてくれたあの美しい男だ。

信じがたい幸運に興奮し、胸が激しく高鳴った。思わず駆け寄り、話しかけたくなったものの、理性がそれを躊躇《ちゅうちょ》する。

たった一度来店しただけの客のことを、彼が覚えているはずがない。声をかけたりすれば、きっと迷惑がられる。そう思いつつも、せっかくのこの幸運を無駄にしたくない気持ちも強く溢れてくる。

どうしよう、と迷っていたさなか、視線に気づいたのか、男の顔がおもむろに雪人のほうへ向いた。

その直後、男は双眸をわずかに細め、つかつかと歩み寄ってきた。

強い煌めきを宿す眼差しに射貫《いぬ》かれ、背筋がざわりと粟立《あわだ》つ。

露骨な凝視が不快で、怒っているのかもしれない。咄嗟に逃げようとしたが、その前に男の長身が立ちふさがる。

「あんた、ちょっと前に店へ来てくれた人だよな？」

初めて耳にする男の声は、ビロードめいてなめらかで、心地いい響きだった。口調は乱雑だけれど、怒気はまったく感じなかった。

安堵すると、今度は男の記憶に自分が残されていたことが嬉しくなり、たちまちのうちに目もとが熱を帯びた。

「ええ、そうです……」

雪人が頷くと、男は「やっぱりな」と笑った。

「すげえ偶然だな。俺、こんなふうに店の客に外で会ったのって、初めてだぜ」

まるで、あんたはほかの客とは違う、と告げられているような気がした。

たぶん思い上がりだろうけれど、男の笑顔が自分との遭遇を喜んでくれているふうにしか見えなくなり、心拍数が一気に跳ね上がった。

「あんた、あれからさっぱりだけど、うちの店にはもう来てくれないのか?」

その問いの語尾に、男の携帯電話の着信音が重なった。「ちょっと悪い」と男はジーンズのポケットから取り出した携帯電話に出る。誰かと待ち合わせでもしていたのだろう。

「すぐに行く」と短く応じて、男は電話を切った。

「なあ、また店に来て、俺にリクエストしてくれよ」

携帯電話をしまいながら雪人を見た男の双眸が、やわらかくたわむ。

「そしたら、あんたのために弾くからさ」

ひどく甘い笑顔を残し、男は「じゃあな」と去って行った。

遠ざかってゆく男の背を陶然と見つめていたときだ。

『次のナンバーは一九五〇年代のイギリス映画の傑作「ストロベリー・ムーン」より、「クライ・フォー・ザ・ムーン」です』

それまではただのBGMでしかなかった、店内に流れていた有線放送が、ふいに意味のある言葉となって耳に届いた。

『ないものねだり、という意味のこの曲は「ストロベリー・ムーン」のオリジナルのテーマ曲で、またアルゼンチン人の母親を持つヒロインのチェリストが劇中で演奏するタンゴ曲です。でも、そんなことは知らなくても、色んなＣＭや各国のドラマなんかで使われている名曲ですから、皆さん、どこかで一度は耳にしたことがあるのではないでしょうか。そうそう。今期視聴率ナンバーワンの某民放ドラマでも流れたことから、「ストロベリー・ムーン」のサントラがオリコンで急上昇しているとか。ちなみに、このサントラは「クライ・フォー・ザ・ムーン」以外も名曲揃いなので、オススメですよ』

そんな紹介のあと、チェロが奏でる哀切を帯びたタンゴの旋律が聞こえてくる。

情熱的なのにもの悲しい音色に耳を傾けながら、雪人は思った。

二週間前の夜、あのライブバーに辿《たど》りついたのも、今日この店に足を向けたのもまったくの偶然だ。そして、今、この曲がかかったのもそうだ。一度きりのことなら、偶然はただの偶然でしかない。けれども、こんなふうに重なるのだから、自分たちの出会いには意味があるのかもしれない、と。

——あんたのために弾くからさ。

雪人は片手でそっと耳を覆った。その奥で甘やかに響いてこだまする男の声を、心の中に閉じこめるために。

うるさいほどの蟬時雨に奇妙に調和する流麗なチェロの音色が聞こえ、雪人は目を覚ました。重い瞼を押し上げると、陽光を涼やかに透かす葦戸《よしど》に囲まれた壱谷《いちたに》家の自室が視界にぼんやりと広がる。

瞬きを繰り返し、意識が鮮明になるにつれ、チェロの音も明確になる。けれども、聞こえてくるのは「クライ・フォー・ザ・ムーン」ではない。チェロ奏者にとっての聖典と言われているバッハの無伴奏チェロ組曲の第一番「プレリュード」だ。

雪人は布団《ふとん》の上で身じろぎ、音がするほうへ視線を巡らせる。つけっ放しにしていたテレビで、クラシック音楽の長寿番組が流れており、派手なドレスを纏った女性チェリストが「プレリュード」を演奏していた。

枕元に転がっていたリモコンでテレビを消し、雪人はごろりと寝返りを打つ。ふと目にとまった時計の針は、九時過ぎを指している。そろそろ起きなくてはと思うが、明け方近くまで貴文《たかふみ》を自棄酒につき合わせたせいでひどく怠《だる》く、起き上がるのが億劫《おっくう》だ。

あんな夢を見たのは、昨夜、貴文に宝坂《ほうさか》の話を延々としてしまったからだろうか。それとも、テレビのチェロのせいだろうか。

あの夢は、正確には夢というより、記憶の残骸だ。

大学四年生だった九年前の夏、ゼミの友人たちと酔った勢いでゲイタウンへ繰り出し、たまたま入ったライブバーで雪人は宝坂に出会った。

感嘆せずにはいられない美貌に、チェロを弾く優美な姿。細胞のひとつひとつに沁み入ってくるかのようだった、つややかで官能的な音色。

まさに一瞬で、目も耳も心も奪われた。ゲイだということを自覚させてくれた宝坂にまた会いたい気持ちはあったものの、雪人はその気持ちを実行に移しはしなかった。

一緒にいた友人のひとりが親名義のクレジットカードを持っていたおかげで助かったが、あのバーは学生が出入りするには高すぎる店だった。それに、夜の街の音楽家と学生の自分では生きている世界が違うように思えた。あそこへ行ってみたところで、あの夢のように美しいチェリストと自分がどうこうなれるはずがなく、下手に近づくのは危険な気がしたのだ。だから、深酔いの見せた一夜の夢として、忘れてしまうのが一番いいと考えていた。

けれども、それから二週間後、雪人は宝坂に思いがけず巡り合ってしまった。

そして、店へ誘われた。耳が蕩《とろ》けそうになる甘い言葉で。

――あんたのために弾くからさ。

今なら、あれは単なる営業用のリップサービスだとわかるが、学生だった当時は世間知らずだった。あの言葉を真に受けて舞い上がり、雪人は宝坂のいるバーに通いつめるようになった。

チェロ曲は、高校時代に英語の授業で「ストロベリー・ムーン」を見せられたことがきっかけで好きになった「クライ・フォー・ザ・ムーン」しか知らなかったので、CDを何枚も買ってリクエスト用の曲を覚えた。しかし、結局、「クライ・フォー・ザ・ムーン」ばかりをリクエストした。

色々聞き比べてみても、その曲が一番好きだったというよりは、同じリクエストを繰り返すことで、宝坂に自分の存在を印象づけたかったからだ。

店には、トラブルを避けるために、ステージに立つ者は客と話してはならないというルールがあり、宝坂にはまったく近づけなかった。それに、通い始めてすぐ、宝坂はオーナーの大切な恋人で、その気を見せると即出入り禁止になるという噂も耳にした。その噂を裏づけるように、宝坂は来店した雪人に無関心だったし、名前を訊く機会すらなかった。

そこで諦めていればよかったのに、雪人はもうすっかり、心の底から宝坂の虜《とりこ》になっていた。

あの頃の雪人の経済力では、酒を一杯頼むのが精一杯で、それを飲み干す間しか店内にいられなかった。店の人間に怪しまれずに、その短い時間でどうにか宝坂の関心を引こうと、必死だった。

若かったからなのか、ゲイとしての初めての恋に浮かれすぎていたからなのか、あのときはそうしていれば、いつか宝坂が振り向いてくれる気がしていたのだ。

「……アホくさ」

雪人は、九年前の自分を嗤《わら》った。

今日は夕方には寮に戻るが、これといって特に用はない。それまでふて寝をすることにして、雪人は目を閉じた。

深酒のせいで、ほどなくうとうとしはじめ、途切れた意識は、携帯電話のけたたましい着信音によって再びの覚醒を余儀なくされた。

「――はい、椎名《しいな》」

枕元で鳴り響いていたのは私用のものではなく、府警から貸与されている仕事用のほうだった。部下の誰かだろうと思い、液晶画面の表示を確かめずに出ると、聞こえてきたのは予想外の声だった。

『宝坂です。おはようございます、と言うか、もうお昼ですが、まだお休みでしたか』

苦笑交じりの声に耳朶《じだ》を擽《くすぐ》られ、頭にかかっていた靄《もや》が一気に消し飛ぶ。

『お休みのところを申し訳ありませんが、これから出てきていただけますか?』

課長直々の呼び出しだ。重大事件の発生かと一瞬身構えたが、それにしては声に緊迫感がない。

そもそも、よく考えてみれば、何かあったとしても、課長の宝坂がたかが班長相手の連絡係になることなどあり得ない。

「……あの、それは命令ですか？」

そうです、と穏やかな口調が返ってくる。

「……何の、ご用でしょうか？」

『こちらに来られてから、お話しします』

わけのわからない思いで眉間の皺を深くしたとき、「ユキ、起きとるか？」とTシャツにジーンズ姿の貴文が葦戸を開けて、部屋の中に入ってきた。

貴文も何か用があるらしい。早く電話を切れ、とばかりに、雪人の腰のあたりを足先で軽く踏みつけてくる。

「――わかりました。場所はどこですか？」

朝まで散々、宝坂が恋しくて堪《たま》らないと管を巻いたあとだ。貴文の前で宝坂と電話をしているこの状態に、妙な羞恥を覚えてしまう。

誰と話しているか気づかれる前に会話を終えたくて、早口に問うと、御池通《おいけどおり》沿いのカフェを指定される。もうそこにいるので、なるべく早く来てほしいとのことだった。強引さに困惑しつつ、「すぐに行きます」と返事をして、雪人は電話を切った。

「おい。まさか、仕事行くんか？」

「ああ、うん」

課長命令なのだから、仕事には違いない。

布団から這い出ながら頷くと、貴文が眉根をきつく寄せた。

「祖母《ばあ》さん、怒るぞ、絶対」

「何で？」

寝間着代わりの浴衣の乱れを直して立ち上がり、雪人は縁側の向こうを見やった。

雪人の部屋は東側の奥庭に面している。姫沙羅《ひめしゃら》の樹が白い花を咲かせる庭には、強い陽が照りつけていて、雪人は乱反射する煌めきの眩《まぶ》しさに眼を細めた。

例年ならまだ梅雨が明けきらず、天気の悪い日が多い時季なのに、今日も快晴だ。空は青々とした色を湛え、太陽はぎらぎらと白く輝いている。

「また買い物、行くんか？」

「まあ、ついでに買い物もするやろけどな。お前が日曜におるんは珍しいし、皆で美味《うま》いもん食いにいこ、て言い出して、さっきからえらい上機嫌でお前に着せる着物選んどるんや。仕事行く、なんぞ言うてみい。火ぃ噴いて怒るぞ」

子供の頃、刑事の父親はもちろん、高校教師でテニス部の顧問を務める母親も毎日の帰宅が遅い上に休日も留守がちだった。そのため、雪人は四つ年上の兄と一緒に母親の実家である壱谷家に預けられることが多かった。

大人の干渉を嫌う兄は小学校の高学年になるとひとりで留守番をするほうを好み、あまり壱谷家には寄りつかなくなった。だが、前家元の亡き祖父に溺愛されていた雪人は逆に、どちらが自分の家かわからなくなるほど入り浸り、いつの間にか自室まで確保していた。

だから、両親に絶縁されてからは、自然と壱谷家が雪人の実家と化し、身の回りの物は普段生活している今薬屋町《いまくすりやちょう》の寮か、壱谷家の部屋にすべて揃っている。

八年前の夏を境に休みの日は壱谷家で過ごすようになり、盆や正月の親戚が一堂に会する際にはわざわざ日をずらして現れる親子に、祖母や伯父夫婦は当初、一体何が親子喧嘩の原因なのかと問《と》い質《ただ》し、しきりに和解するよう勧めてきた。しかし、二年も過ぎると双方の頑なな態度に匙《さじ》を投げた様子で何も言わなくなった。

今ではすっかり使用人や内弟子らにも壱谷家の一員として認識されているが、それだけに、壱谷家の家族旅行や食事会を抜けると、容赦のない非難の嵐が吹き荒れる。

一瞬、祖母と宝坂を天秤《てんびん》にかけてみたものの、悩むべくもなく答えは決まった。

この思いがけない誘いを断れば、もう宝坂と言葉を交わす機会などないままに警察を辞めてしまうかもしれない。昨日の今日だけに、小鳩《こばと》の件だろうと見当がつき、それが気鬱ではあった。けれども、辞める前の記念として間近であの美しい姿を見ておきたいという願望には勝てなかった。

「こんな暑うて人がいっぱいの日にわざわざ出かけても、難儀なだけやと思うけど」

今日は祇園祭の最大の山鉾巡行を三日後に控えた宵々々山《よいよいよいやま》で、もう露店も出始めている時刻だ。しかも、日曜と重なっているので、きっと市街には観光客が詰め寄せているだろう。

「ほな、自分でそう進言して来いや」

「怖いし、嫌や。貴文が上手《うも》う言うといて」

「あぁ？　俺かよ？」

片眉を撥ね上げた貴文に、雪人は「そや」と頷く。

「帰りは何時になるかわからへんし、今日はこのまま寮に戻るわ」

雪人が急な呼び出しを受け、家を飛び出していくのはいつものことだ。食い下がっても無駄だとわかっている貴文は、「借りは返せよ」と深く息をつく。

「今度帰ってくるとき、老松《おいまつ》の夏蜜柑《なつみかん》買うてくる」

貴文は甘いものが嫌いだが、花街に店を構えるこの老舗《しにせ》の和菓子だけはべつだ。特に、夏季限定の寒天菓子である「夏蜜柑」には目がない。

渋かった表情がゆるんだ隙にそそくさとシャワーを浴びに行き、自室に戻ってクローゼットを開ける。祖母や貴文が季節ごとに勝手に中身を増やすそこから出勤用のスーツを取り出して着替えると、雪人は家人に見つからないように用心して裏門から壱谷家を抜け出し、指定されたカフェへ出向いた。

店に着いたのは、電話を受けてから約四十分後だった。宝坂は少し奥まった場所の窓際《まどぎわ》席に座っていた。山鉾の密集区域である室町通《むろまちどおり》に近いせいか、店内は祇園祭目当てと思《おぼ》しき客でほぼ埋まっている。だが、外国映画から抜け出てきたようなその優美なスーツ姿は、混雑する店内で際立った存在感を放っていた。

「課長、お待たせしてすみません」

「こちらこそ、お呼び立てして、申しわけありませんでした。どうしても、今日、椎名さんにお会いしたかったものですから」

宝坂はあでやかな笑みを浮かべ、雪人に座るよう促す。

向かいの席に腰を下ろすと、すぐにウエイトレスが注文を取りにきたので、雪人は珈琲《コーヒー》を頼んだ。

「……どのようなご用件でしょうか？」

ほかに課の捜査員の姿はない。やはり小鳩の件かと思い、雪人は声を硬くする。

けれども、宝坂が告げたのは、予想もしていなかったことだった。

「椎名さん。今日は年休を取っておられるんですよね？　このあと、どこかへお出かけのご予定でもあるんですか？」

「何もありません」

では、と宝坂は、大勢の老若男女が楽しげに通り過ぎてゆく姿の映る窓を指す。

「お祭り、見に行きませんか？」

咄嗟に返事ができず、雪人は宝坂を見つめ、大きく瞬く。

「……祭り？」

「ええ。間の悪いことに明日から三日間、出張の予定が入っていて、見物できる機会は今日しかないんです。でも、一人で行ってもつまらないので、椎名さんに案内していただけないかと思って」

そう言って、宝坂がやわらかな微笑を湛えたとき、ちょうど窓の外を浴衣姿で手を繋ぐ若い男女が通った。

――ふたりきりの祭り見物。まるで、デートのようだ。

反射的に胸が高鳴り、頷きそうになったが、すぐに理性が「そんな馬鹿なことがあるものか」と強く否定し、雪人を正気づかせる。

「申しわけありませんが……」

雪人がゆるく首を振って拒むと、宝坂が苦笑を漏らした。

「椎名さんとご一緒できればきっと楽しいのではないか、と勝手に盛り上がっていたのですが、ご迷惑でしたか？」

「いえ、そういうわけでは……」

「では、どうして駄目なんですか？」

「私は祇園祭には一度も行ったことがないので、ご案内はできませんから」

その答えに宝坂は少し驚いたような顔をしたあと、「では、なおさら、見に行きましょう」と双眸を甘くたわめて雪人を誘った。

恋しい男の美貌を間近で堪能する目的はもう達した。あまり欲をかけば、あとで辛くなるのは自分だ、と理性が告げていた。

だが、喜びに震える恋心がそれを無視した。

勤務が終わるのを待って、小鳩を誘うこともできるのに、宝坂はそうしなかった。

小鳩ではなく、自分が選ばれたのだ。そう思うと、嬉しくてたまらず、気がつくと雪人は頷いてしまっていた。


祇園祭といえば、賑わいが最高潮に達する宵山《よいやま》とその翌日の山鉾巡行ばかりが有名だ。しかし、山鉾の立ち並ぶ区域には宵山の二日前から露店が出揃い、旧家や老舗が所蔵する美術品を一般公開する屏風祭《びょうぶまつり》も始まる。

まだ陽も高いせいか、宵山の夜ほどの人出ではないものの、それでも歩行者天国となった通りは見物客で溢れかえっていた。

煌《きら》びやかに飾られた山鉾や、開放された古い町屋の軒先を物珍しげに眺める宝坂は、初めて体験する古都の祭りの喧騒《けんそう》を楽しんでいる様子だが、雪人にはそんな余裕はない。

噎《む》せ返る人いきれと、じりじりと肌を炙《あぶ》る耐えがたい暑さ。道の両側にびっしりと並ぶ露店から飛んでくる威勢のいい呼び込みや、わらべ唄を歌って粽《ちまき》を売る子供たちの声。時の流れをゆるやかにゆがめるかのような、祇園囃子《ぎおんばやし》の独特のゆらめき。暑苦しい装備に身を固め、眉間に皺を寄せてパトロールをする制服警官。

見慣れた景色を非日常の空間に変えるものが渾然《こんぜん》一体に混ざり合う空気を呼吸していると、悪酔いしてしまいそうだった。

「椎名さん、葵祭《あおいまつり》や時代祭《じだいまつり》なんかも見に行ったことはないんですか？」

「制服警官だった頃に、交通整理に駆り出されたことなら何度かありますが、純粋な見物をしたことはないですね」

「お祭り、嫌いなんですか？」

「嫌いというか、特に興味がありません。それに、人込みは苦手ですし……」

「せっかく京都に住んでいるのに、もったいない気がしますが」

すぐ目の前でこぼされたやわらかい笑みがあまりに美しく、心臓が鼓動を速める。

「……そう思われるのは、課長が東京の方だからです」

皮膚の下でざわめく熱を懸命に押し殺したせいで、声がかすかに低くなった。

「直接関わりがなければ、地元の観光資源や伝統には、普通は大して興味を持たないものでしょう？　東京生まれの人が、嬉しがって東京タワーに登ったりしないのと同じですよ」

「言われてみれば、確かに登ったことはありませんけど、椎名さんの中では祇園祭と東京タワーは同列のものなんですか？」

おかしそうに双眸を細める宝坂に、雪人は「そうです」と返す。

「それに、京都では、祭りとはそれを行う神社と氏子《うじこ》のものだという考えが根強いんです。例えば祇園祭は八坂《やさか》神社の祭りですが、八坂神社の氏子でなければ、市内で生まれ育った者でも大抵、祇園祭には無関心です。逆に言えば、氏子や子供でもないのに祭りではしゃいでいるのは、よそ者の証《あかし》なんです」

「何だかすごく京都っぽい考え方ですね、それ」

苦笑しつつも、どこか納得したふうに頷いた宝坂と、視線が深く絡《から》む。

宝坂の少し後ろを歩いていたつもりが、人の波に押し流され、いつの間にかぴったりとくっつくように並んでいた。その距離の近さが、本当にデートをしているかのような錯覚を生み、雪人の胸を高鳴らせた。

「椎名さんは、どこかの神社の氏子なんですか？」

「……かもしれませんし、そうでないかもしれません」

宝坂に見惚れてしまいそうになる自分を諫め、雪人は顔を逸らす。

「前にも言いましたが、私は勘当されていますから。一応、昔は実家の近所にある神社の氏子でしたが、今はもう名前を消されているかもしれません」

泳がせた視線を、どこにとめればいいか迷った。雪人は、すぐ隣で父親に手を引かれながらチョコバナナを齧《かじ》っている少年の肩を意味もなく凝視して、告げた。

「あの、椎名さん。よけいなことかもしれませんが、」

宝坂は何かを口にしかけて、やめた。携帯電話が鳴ったのだ。スーツのポケットから携帯電話を取りだした宝坂は、液晶画面の表示を見て、片眉をわずかに上げた。

「すみません。ちょっと失礼します」

聞かれたくない内容なのか、宝坂は道の端へ寄って電話に出た。

もし相手が婚約者なら、会話を漏れ聞くだけで胸の中で舞っている高揚感が一気にひしゃげてしまう。心の自衛のために少し歩を進め、宝坂の声が届かない場所へ移動していると、前方で女の悲鳴と男の怒声が上がった。

「美紀亜《みきあ》ぁ！　ふざけたこと、しくさってからにぃ！」

明らかに酔っているとわかる口調でわめく人影を避けるように、数メートル先で人波が左右に割れる。通りはまっすぐに歩けないほど混み合っているのに、そこにだけぽっかりと空間ができる。

見ると、亀すくいの露店の前で、髪を金色に染めた若い男が、同年代のカップルにすごんでいた。

「何が、今日はバイトで忙しい、やっ。ドブスのくせに、人をコケにするんも、たいがいにせえよ！」

「べつに、そんなつもりや……。たまたま、急に時間が空いただけやし」

「そやったら、電話するなり、メールするなり、せえやっ」

だらしない服装をした、見るからにチンピラふうの男は怒鳴って、女が持っていたかき氷を叩き落とした。路上を転がったかき氷の容器が人垣を押しやったかのように、三人の周りの空間がさらに広がる。

「しよ思うたけど、この人に、無理やり、めっちゃしつこう誘われて……」

「あぁ？　何やとぉ？」

女の訴えに、金髪男は顔を真っ赤にし、眼鏡《めがね》をかけたひ弱そうな男の胸ぐらを摑む。

「このガキがっ。何をいっちょ前に、人の女に手ぇ出しとんのやっ」

「ち、違うっ。僕が誘うたんやない！　しつこう誘うてきたんは、美紀亜のほうや。しょ、証拠のメールかて、あるっ」

眼鏡の男は金髪男に「それ見たら、嘘やないてわかるし！」と早口に叫ぶ。やや上擦り気味ではあったものの、堂々とした口ぶりだった。

金髪男はその言葉を信用したらしい。眼鏡の男から手を放し、素早く女に摑みかかる。

「このクソ女が。いちびってんちゃうぞ!」

「い、痛いっ。龍樹《たつき》君、あたしの話聞いて! ちゃんと、わけがあるし」

「聞く耳もたんわ」

女の細い腕に指を食いこませ、金髪男は怒鳴った。

「おい、兄ちゃん。やめたれや」

亀すくい屋の主が、テントの下から声をかける。店の真ん前で三角関係の縺《もつ》れを披露されたせいで客が逃げ、店主はずいぶん迷惑そうだ。

「そんな乱暴なことしとるさかい、女の子がよそへ行きとうなるんと違うか」

「うっさいわ! 関係ないおっさんは引っこんどれ!」

金髪男と店主がそんなやり取りをする間に、眼鏡の男がそそくさとその場を離れ、群衆の中に紛れこんで姿を消した。

「どうせ浮気するんやったら、もっとまともな男とせえ」

そう嘲って、金髪男は抗《あらが》う女をどこかへ引きずっていこうとする。店の前から移動してくれさえすればいいのか、亀すくい屋の主はそれ以上、関わろうとはしない。ふたりを遠巻きにする通行人も、見て見ぬ振りだ。

見回した周囲に、警察官の姿はない。女のほうにも多少の非はあるようだが、このまま酔っ払い男に連れ去られるのを見過ごすことはできない。

雪人は雑踏を縫い、足早にふたりのもとへ向かう。

「おい、その手を放せ」

「あぁ？　何やねん、おのれ」

金髪男は声を荒らげて、雪人を睨みつける。思った以上に酔っているらしく、近寄るとかなり酒臭かった。

「警察や」

「サツなんぞに用はない。ただの痴話喧嘩や、ほっとけ」

「そういうわけには、いかへん。とにかく、彼女を放せ。そうやって無理やり腕を摑むだけでも、暴行罪に」

「がたがたやかましいわっ。ほっとけ言うとるんじゃ、ボケ！」

酒のせいで気が大きくなっているのだろう。金髪男は雪人の話を最後まで聞かずに女を突き飛ばし、拳を振り上げる。

速さも威力も大してない拳だということは、一瞬で判断できた。雪人は眼前へ伸びてきたそれを払いのけ、男の腕をねじり上げた。

背中に強い衝撃を覚えたのは、その直後だ。

「ちょっと、あんた！　龍樹君に何すんの！」

助けたつもりの女が、渾身《こんしん》の力をこめてきつくしがみついてきて、男を取り押さえる邪魔をする。

ふいをつかれ、身体のバランスを崩したすきに男が雪人の手を振りほどき、わずかに後《あと》退《ずさ》って間合いを取る。ジーンズのポケットから何かを取り出すのが見えた。

「美紀亜、しっかり押さえとけよ」

雪人を忌々しげに睨みつけてくる男の手には、小型のナイフが握られていた。それに気づいた周囲で、どよめきが広がる。

男の命令を忠実に守ろうとする女は、雪人の胴に腕をしゃにむに巻きつけてくる。仕方なく、肘で背後の女を突きやり、よろめいたその身体を路面へ弾き落とす。

尻餅をついた女が「痛い」と高い悲鳴を発したとき、「あそこや」と焦《あせ》った声に続いて、「こらぁ！　やめんかぁ！」と野太い怒声が聞こえた。

誰かが通報したのだろう。まだ姿は見えないが、制服警官が到着したようだ。しかし、金髪男は取り乱す様子もなく、ナイフをかざす。

「えらっそうに、警察が何ぼのもんや！　人の女に何、ふざけたことしとるんじゃっ」

女の悲鳴に興奮したらしい男が向けてくる刃先を避けようとしたが、身体の自由がきかなかった。また、女が体当たりをする勢いでしがみついてきたのだ。

浮気への償いのつもりなのか、男のために必死になっている女は、やたらと馬鹿力だった。それでも振り払うことはできるが、今、下手に動いて揉み合えば、刃先が女に刺さるかもしれない。

対処を迷ったその瞬間、金髪男と雪人の間に人影が飛びこんできた。

それが制服警官ではなく宝坂だと認識した瞬間には、ナイフは叩き落とされ、男の身体は宙を一回転して地面にねじ伏せられていた。


駆けつけた数名の警察官に引き渡した男と一緒に交番へ行くよりも近かったため、雪人と宝坂は御池通に停まっていたパトカーの中で事情聴取を受けた。階級が高い身内の者への配慮なのだろう。脂汗を浮かべ、緊張した様子だった制服警官による聴取はほどなく終わり、雪人は宝坂にいざなわれ、再び祭り見物に戻った。

聴取を受けている間に道行く人の数が増え、賑《にぎ》やかさと熱気も濃くなっていた。青空に祭り特有の猥雑《わいざつ》さと祇園囃子の音色がゆるやかに吸いこまれてゆく。

「……申しわけありませんでした」

宝坂の隣を歩きながら、雪人はうつむき加減に詫《わ》びる。

先ほどの制服警官のひとりが、金髪男とその恋人らしい女のことを知っていた。聞くと、以前勤務していた交番の管轄区域では有名な人騒がせカップルで、派手な痴話喧嘩と別れたりくっついたりを繰り返しているそうだ。さらに、実際のところ、あのふたりの力関係は見た目とは逆らしく、喧嘩をして最後に泣きを見るのは、いつも男のほうらしい。

そんな事情など知るよしもなかったとは言え、結果的によけいな口出しをして、騒ぎを大きくしてしまったことに、ばつの悪さを感じざるを得なかった。勝手に浸って盛り上がっていたデート気分も、すっかり沈んでしまった。

「声をかける前に、もっと慎重にあのふたりの関係性を見極めるべきでした」

「いいえ。椎名さんの判断は正しかったと思いますよ」

ふわりとした笑みを浮かべた美貌が、雪人に向く。

「彼は酔って興奮し、ナイフも所持していました。放置すれば、重大事件を起こしていたかもしれません。何より、酔った男に女性が絡まれていたら、声かけをするのは警察官として当然ですしね。私も電話に気を取られていなければ、同じことをしていました」

気まずさを払拭《ふっしょく》してくれる言葉は嬉しかったものの、雪人は頬をかすかに引き攣らせた。

今日のこの状況は、突発的で特別なものだ。デート気分をこっそり味わえるこんな幸運は、きっともう二度とない。そう理解しているはずなのに、湧き起こった一瞬の喜びに流され、辞職宣言を撤回して、もう少し宝坂の部下でいたいなどとついつい考えてしまった自分の単純すぎる愚かさに、呆れたのだ。

「それは、どうかと思います」

馬鹿馬鹿しい気持ちがこれ以上増幅してしまわないよう、雪人は目もとを力ませる。

きらきらと赤く光る林檎飴《りんごあめ》やカラフルなトッピングをされたチョコバナナ、香ばしい匂いを漂わす焼きトウモロコシに、金魚すくい。力んだせいでわずかに狭くなった視界の端を、様々な露店がゆっくりと流れていった。

「課長は警察官である前に、官僚です。助けていただいたことにはもちろん感謝していますが、課長は我々とは違い、いなくなっても代わりが次々に補充される現場の駒ではありません。先ほどのような危険な行動は、お控えになるべきです」

「私は自分に、官僚である前に警察官であることを課しています」

間髪をいれずに返された強い声音に驚き、雪人は瞬いた。

「単なる官僚でいたければ、ほかの省庁に入っていました。父のいる法務省や、叔父《おじ》や従兄たちのいる外務省のほうが、入庁後、何かと便利ですしね」

「……警察庁を選ばれたのには、何か理由がおありなんですか？」

「ええ、あります」

やわらかく頷いた宝坂がなぜかふいに立ち止まり、くるりと身体を反転させた。そして、歩み寄った露店でチョコバナナを二本買い、一本を「どうぞ」と雪人に差し出した。

「今日、つき合っていただいたお礼です」

それに、と宝坂は双眸を魅惑的に煌めかせ、微笑んだ。

「スーツでも、ふたりで食べれば、大丈夫ですよ」

何を言われているのか咄嗟にはわからなかったけれど、考えてみれば先ほど、視線の向け先に困って意味もなく眺めていた少年がチョコバナナを持っていた。

おそらく、じっと凝視していたせいで、誤解されたのだろう。食べたいのに、スーツを着てこんな子供じみたものを持つのは恥ずかしいからと我慢しつつ、少年を羨んでいるのだ、と。

「……ありがとうございます」

雪人はわざわざ宝坂の勘違いを正したりはせず、礼を言ってチョコバナナを受け取った。もう買ってしまっているものを拒めば、角が立つから仕方ない。警告を明滅させる理性にはそう言い訳をしてみたが、本当は宝坂が自分のために買ってくれたものが、雪人はどうしてもほしかった。

宝坂と並んで嚙ったチョコバナナは官能的に甘く、口に含むたび心臓が震えた。

「正直なところ、官僚以外に就きたい仕事がありましたが、父と約束を交わしていたので、

私には職業選択の自由はありませんでした」

思いがけない贈り物を得て、心密かにうっとりと悦に入っていたため、宝坂が今し方の答えの続きを話しているのだと気づくのに数秒かかった。

「ひとつしかない道なら、公僕として国民の役に立っていることを一番肌で強く感じられるところへ進みたかったんです」

それが警察庁でした、と語る宝坂の揺るぎのない声が、耳の奥で反響して胸を強く打ち、雪人を戸惑わせた。

その確固として、清廉な職業観を好ましく思えば思うほど、宝坂への恋情が膨れ上がるのだ。自分を毅然と守ってくれた逞《たくま》しい腕を、凛とした正義感を、優しく甘い微笑みを自分だけのものにしたいという想いが、あとからあとから湧いてくる。

宝坂は、ゲイが嫌いな異性愛者なのに。

もうその心は誰かのもので、そう遠くない日に女と結婚してしまうのに。

「……立派なお考えですが、キャリアはキャリアでしかありません。先ほどのようなノンキャリアの真似事《まねごと》をされても、誰も課長の勇敢さを喜びませんし、現場をいたずらに混乱させるだけです」

雪人は声と視線にできるかぎりの冷気を懸命に含ませて、宝坂に放った。

「課長はもう少し、官僚としての自覚をお持ちになって行動されたほうがよろしいのではありませんか？」

「どこへ行っても、よくそんなふうに怒られますよ。キャリアの自覚が足りない、と」

宝坂は肩を竦めて苦笑いをし、だがすぐに表情を和ませる。

「でも、チョコバナナを持っている人に、そんな真剣な顔で叱られたのは初めてです」

悪戯《いたずら》めいた光を双眸に湛え、宝坂はあでやかに笑う。

「それから、ひとつ言わせていただくと、私は先ほどの自分の行動を間違ったものだとは思っていません。あれは、警察官としての信条には関係なく、そうすべきだと思った個人的感情に基づいたものなので」

どうせ、募らせても無駄な恋心なのだ。宝坂に不快感をあらわにされれば、激しくなるばかりの胸の高鳴りが静まるかもしれない。そう思って、わざと言葉を尖らせたけれど、宝坂は怒るどころか、雪人の恋心をよけいにざわめかせた。

息苦しくなって口ごもったそこは、室町通と錦小路通《にしきこうじどおり》が交差する四《よ》つ辻《つじ》だった。右手に、霰天神山《あられてんじんやま》の駒形提灯が見える。宝坂が「あちらへ行ってみましょう」と霰天神山を指さす。

恋しい男の望む方向へ曲がり、人の流れを縫いながら道を進む。宝坂の好奇心は旺盛で、辻へ出るたびに興味を惹《ひ》く山鉾や露店を見つけ、右へ左へと進む方向を変えた。

普段とは目に映る景色も、聞こえる音も違うせいだろう。だんだんと煌びやかな迷路を彷徨《さまよ》っているような気分になる。その不思議な感覚はやがて心地よい浮遊感となって、雪人の全身をじんわりと包んだ。

「ところで、私たちは今、どこにいるんでしょうか？」

すぐ目の前には、北観音山《きたかんのんやま》が堂々とそびえ立っている。人込みの中を行ったり来たりしているうちに、御池通へ引き返しつつあるようだ。

「新町通《しんまちどおり》です。このまま四筋上がれば、御池通ですよ」

「よくそんなにすらすら出てきますね」

感嘆したふうな口調が耳もとで響き、雪人はくすぐったい気分になる。

「道は覚えていますから」

「そう言えば、京都には通り名を覚える歌がありますよね。あれは、京都の人なら誰でも歌えるんですか？」

「誰でも、なのかはわかりませんが、市内で生まれ育っていれば、歌える人間は多いと思いますよ。覚え歌は、保育園や幼稚園で習いますし」

へえ、と答えた宝坂の笑い和んだ目が雪人を捉える。

「……歌えと言われても、歌いませんので」

「どうしてですか？」

「……音痴だからです」

人には滅多に教えない秘密の事実を告げると、宝坂の眼差しがさらにやわらかくなる。

「何だか、ますます聞きたくなりました」

優美な微笑みにつられ、つい唇が動きかけたものの、寸前で思いとどまる。音楽の才能に恵まれた宝坂の前で、音程はずれの覚え歌を口ずさむ恥ずかしさが勝ったのだ。

嫌です、ともう一度拒むと、宝坂はそれ以上は求めてこず、話題はべつのことへ移った。甘いチョコバナナを食べながら、また道を右へ折れ、左へ折れしてぶらぶらと歩く。時折、京都にまつわる些細な質問を宝坂がして、雪人がそれに答えた。胸の奥でむくむくと膨らむ歓喜を隠そうとするせいで、声も表情もどんどんと愛想のないものになってゆくけれど、宝坂は祭りに熱中しているからか、機嫌よく笑っている。

しばらくして、チョコバナナを食べ終えた。その棒を、宝坂が自分のものと一緒に、風船の露店の脇に設置されていたゴミ箱へ捨てた。

宝坂からの贈り物が自分の手の中から消えてしまったことで、何だかこの夢見心地の時間もそろそろ終わりが近い気がした。このまま進めば、ほどなく露店も消える。そこが別れの場所になるかもしれない。

現実へ引き戻される瞬間をほんのわずかでも引き延ばしたくて、雪人は歩みを遅くした。

「疲れましたか？」

振り向いた宝坂が、気遣う眼差しを向けてくる。

足もとが覚束《おぼつか》なくなる思いで雪人はうつむき、「少し」と細く声を落とす。

「じゃあ、静かなところで休みましょう」

こっちです、と宝坂は黒板塀に囲まれた薄暗い路地へ入る。

「課長、どこへ行かれるんですか？」

慌てて追いかける雪人に宝坂は答えず、どこかの町屋の裏木戸を潜《くぐ》った。

困惑しつつ、雪人もそのあとに従う。百日紅《さるすべり》が赤い花を咲かせている庭に面した座敷に、法被《はっぴ》の下にネクタイを締めた年配の男が座っていた。男は突然の侵入者に驚いたふうもなく、「いらっしゃいませ」と頭を下げる。

どうも、と会釈をした宝坂に促され、一緒に縁側から座敷へ上がる。

「彼ですので、お願いします」

法被を着た男は愛想よく頷いて、「失礼いたします」と雪人にメジャーを当てる。

状況がまったく理解できず、呆然としていた雪人は、男が機敏な動作で手際よく寸法を測り終える頃になって、ようやくここが呉服屋だと気づいた。

そして、祭りを観に行こうと誘われた本当の目的がわかった。宝坂は、昨夜、小鳩が駄目にした着物の弁償をするつもりなのだ。いくら雪人自身が拒んだとは言え、何もしないままでは小鳩への虐《いじ》めが酷くなるかもしれない、と懸念《けねん》したに違いない。

だから、初めての祇園祭見物にはしゃぐ振りをして、巧みにここまで誘導したのだろう。

上手く事を運ぶために、おだてたり、チョコバナナを買い与えたりして、自分の機嫌を取りながら。

今の今まで、小鳩ではなく自分が祭り見物の相手に選ばれたと喜び、勝手に宝坂とデートをしているような気分に浸っていた。

それだけに、何もかもが小鳩のために仕組まれたものだったと悟ったとたん、己の間抜けぶりを悔いる気持ちが、騙されたことへの怒りへと変わる。しかし、人前で揉めるのも憚《はばか》られ、抗議できずにいると、そのまま表の店のほうへと連行された。

次々と出される反物を雪人に当てる店員との会話から察するに、宝坂の家はこの店が東京に出している支店の上得意らしい。宝坂自身も着物のよしあしの見分けがつくようで、最終的に白鷹御召《しらたかおめし》を選び、袷《あわせ》と羽織を仕立てるよう注文した。

やっと解放されたときには、夕方を過ぎていた。店から、大勢の人々で賑わう表の通りへ出た雪人はそれ以上こらえきれず、語気を荒らげて抗議した。

「こんな騙し討ちのような真似、不愉快です」

「でも、正直に言えば、椎名さん、来てくださらなかったでしょう?」

「当たり前ですっ」

山鉾の駒形提灯の灯《あか》りや露店の照明に吸い寄せられ、そぞろ歩く通行人が、何事かとちらちらと視線を向けてくるのに気づき、雪人は低めた声を尖らせた。

「弁償などけっこうです、と申し上げたではありませんか。そもそも、昨夜、小鳩が泥酔《でいすい》していたのは、前日の私の言い過ぎが原因なんでしょう?」

「言い過ぎた、との自覚があるんですか?」

意外そうに問い返され、むっとする。

「ええ、あります。ですから、自業自得《じごうじとく》と思っていますので、あの着物は受け取れません」

「自覚があるならなおさらです。同じ過《あやま》ちを繰り返さないための戒めとして受け取ってください」

そう告げて、宝坂は小さく息をつく。

「あまりこういうことを言いたくはありませんが、小鳩さん、相当落ちこんでいました。彼はああ見えて、繊細なんです。頭ごなしの厳しい指導は逆効果になりますので、接し方を少し変えていただけませんか?」

小鳩との深い親密さを示され、頭に血が上った。

腹の奥底から噴き上がった嫉妬で喉が詰まりそうで、雪人は拳を強く握りしめた。

「着任初日のトラブルについては、私も聞いています。小鳩さんの不用意な発言に腹を立てたくなるお気持ちもわかりますが、椎名さんのほうが歳も階級も上ではありませんか。いつまでもそんな些細なことに拘《こだわ》っていれば、椎名さんご自身の評判を悪くするだけだと思いますが」

「――そうですね。以後改めます」

根底に嫉み心があるとは言え、それでも小鳩を叱責するのはミスをしたときだけだ。しかし、宝坂の口ぶりから察するに、小鳩は自分のミスの多さを棚に上げ、純然な被害者を装って泣きついたようだ。

言い返したいことはあったけれど、雪人が小鳩に対してだけ必要以上に厳しいのも事実であり、理不尽な虐めと受け取られても仕方がない。

そもそも、小鳩に厳しくしてしまう本当の理由を打ち明けられるはずもないのだ。雪人は喉もとまで迫《せ》り上がってきたものを、どうにか飲み下した。

「お約束しますから、着物を受け取る必要はないでしょう？」

「いえ、受け取ってもらわないと困ります。椎名さんのサイズで仕立てるんですから」

雪人の拒否をきっぱりと拒んだ宝坂は、一瞬の間を置いて、少し首を傾げた。

「もしかして、昨日のあの人が怒りますか？」

「え？」

「あの人が、椎名さんのパートナーなんでしょう？　昼に電話をしたとき、椎名さんを『ユキ』と呼んでいる声が聞こえました」

どうやら、宝坂は貴文を雪人の恋人だと思っているようだ。深酒と寝不足で掠《かす》れていた声を、情交の痕跡だとでも受け取られたのかもしれない。

従兄だと説明するよりも、その勘違いを利用したほうが早く話がすみそうだと考え、雪人は「そうです」と頷いた。

「誤解をされたくないので、いただけません」

「でも、あの方も一緒にいたのですし、単なる弁償であって、べつに深い意味などないとおわかりいただけると思うのですが。そんなに焼き餅焼きの方なんですか？」

――深い意味などない。

わかりきっていたし、期待などかけらもしていなかった。それでも、はっきりと言葉にされた瞬間、心が軋《きし》んだ。

「……ええ、相当。ですから、こんなことをされても困るんです。本当に、迷惑なんです」

小鳩の失態を庇うためだけに仕立てられる着物など、絶対に受け取りたくない。

屈辱に吐息を震わせたとき、突然、「宝坂君！」と女の声が響いた。

「やっぱり、宝坂君だ。何よ、こんな美人連れちゃって。もしかしてデート中？」

人込みをかき分けて寄ってきた女が、宝坂を肘で小突いて笑う。肉感的な体軀に紺の浴衣を纏っていて、三十前後に見えた。

「そんなわけあるか、馬鹿。椎名班長だ」

ふいに、宝坂が言葉を乱雑に崩す。

「え？　やだ、班長？」

焦った顔をした女の宝坂に対する馴れ馴れしさよりも、出会った頃の不遜さを思い出させる口調の変化に雪人は驚いた。

見開いた目で宝坂を見やると、少し気まずそうな苦笑が返ってくる。

「椎名さん。彼女は、大森《おおもり》巡査部長です」

またやわらかくなった声で紹介された名前は、四班に所属している育児休暇中の部下のものだった。

着任日に一度、履歴に目を通しただけだが、はっきりと記憶に残っている。東京の有名な進学校から京都の仏教系大学へ進んだ経歴が、珍しかったのだ。

「育休中の方ですね」

「ええ。実は、私とは高校の同級生なんですが……。失礼なことを言って、すみません」

そう詫びて、宝坂は「ほら、お前もちゃんと謝れよ」と、大森を軽く睨《ね》めつける。

「本っ当にすみませんっ」

大森は、ひどく恐縮した様子で頭を下げた。

「宝坂君、じゃなかった、課長が日曜に仕事してるはずがないって先入観があったものですから、てっきりお友達かと思ってしまって、ついいつもの癖で冗談を……」

ていたのかもしれない。

同級生だけに、大森とは小鳩以上に気安い仲らしい。もしかしたら、高校時代につき合っていたのかもしれない。

そんな邪推を抱いたとたん、腹の中で渦を巻いていた嫉妬が大森へと矛先を変える。

「仕事中じゃないのは当たっていますし、お気になさらず」

雪人は体内でうねり立つ激情を慌てて腹底へ押し戻し、無理やり笑みを作る。

たとえ本当にかつては恋人同士だったとしても、今は違う。熱愛する婚約者がいる宝坂と、人妻の大森との間に何かがあるはずなどない。

それなのに、ただ宝坂と親しいというだけで、初対面の、それも子を産んだばかりの母親にすら悪感情を抱いてしまう自分の嫉妬深さに、雪人は心底嫌気がさした。

罪悪感を少しでも薄めたくて、雪人は大森に向ける笑顔をとびきり和やかにする。

「五月に出産されたとうかがっていますが、お身体のほうはもうよろしいんですか?」

「あ、はい。もうすっかり」

雪人の愛想笑いに、大森も明るい笑みを返してくる。

「早くご挨拶にうかがわなきゃと思ってたんですが、主人の実家が蟷螂山《とうろうやま》保存会の役員で、体調が戻ったとたん、手伝いに駆り出されてしまって。今は休憩中なんですけど、今日も売り子をしてるんです」

「蟷螂山……。ああ、カマキリ山ですね？」

「ええ、カマキリ山です」

誇らしげな表情で頷く大森に、宝坂が「何だよ、カマキリ山って」と訝《いぶか》しげに問う。

「何って、この間、家に来たとき、旦那が散々ウンチク披露してたじゃない。覚えてないの？」

「あんなに飲まされて、覚えてるわけないだろ」

「そう言えば、あの日は、トイレで便座抱えて寝こけるくらいベロベロだったっけ」

大森はおかしそうに目を細め、「あのね」と言葉を継ぐ。

「カマキリ山は蟷螂山の別名なの。蟷螂山って、御所車《ごしょぐるま》の屋根の上に大きなからくり仕掛けのカマキリを載せてるから。祇園祭で巡行する山鉾の中じゃ、一番人気なのよ」

そこまで言って、大森が「そうだ」と何かを思いついた顔で手を叩いた。

「時間があるんだったら、見にくれば？　椎名班長もよろしければ、ぜひ」

「せっかくですが、私はこれから用があるので、もう失礼するところだったんです」

ともすれば剝がれ落ちそうになる笑顔の仮面をどうにか保って、雪人は言った。

「課長、それではこれで失礼します」

返事を待たずに、雪人は群衆の中へ身を溶けこませた。大森に不審に思われたかもしれないが、気にする余裕はなかった。自分は秋には辞めるのだから、きっともう会うこともないはずだ。

雪人は、楽しげな声がさざめく雑踏の中で闇雲に足を動かし続けた。逃げたかったのだ。宝坂から。そして、恋しい男と親しい人間を誰彼見境なく嫉んでしまう自分の浅ましさから。

喧噪《けんそう》に満ちた通りを駆けるように進んでいた途中、豪奢な鉾から降ってくる祇園囃子の音色につられてふと仰《あお》のく。

暮れなずむ空を、鉾にどっしりと吊《つる》された提灯が燦然《さんぜん》と輝かせている。どこかはかなく澄んだ天の薄闇に向かって、地上の煌めきが立ち上っている。

たぶん、美しい光景だ。けれども、雪人にはその眩しさがただ目に痛いだけだった。

雪人は顔を伏せ、また歩き出した。

4

「最後に私のほうからひとつ」

深みのあるなめらかな声が、百名近い捜査員が集結する鳥羽《とば》署の講堂に凛と響く。

「昨日、聞き込みの最中にふたりの捜査員が熱中症で倒れています。気象庁の予報によれば、これからしばらく四十度近い猛暑日が続くとのことですので、言うまでもありませんが、各自、体調管理をしっかりおこなってください。これ以上の増員が望めない中、ひとりでも戦線離脱者が出れば、全体の捜査に大きく影響するということを心に留め置いて行動してくださるよう望みます。以上です」

宝坂《ほうさか》が着席すると、会議進行役の捜査一課の係長が解散の号令を飛ばし、刑事たちはいっせいに講堂をあとにして捜査に向かった。

鳥羽署が管轄する伏見《ふしみ》区を中心に頻発していた少年窃盗団による路上強盗でついに被害者が死亡する事態にいたり、捜査一課、捜査三課、少年捜査課、そして鳥羽署による特別捜査本部が設置されたのは、八月に入ってすぐのことだった。

少年捜査課からだけでも三班と四班の二班が出動する大規模な捜査本部であったために、各課の課長も頻繁に捜査会議に出席した。

その中にはもちろん、宝坂も含まれており、午前と午後におこなわれる捜査会議のどちらかに必ず顔を出していた。

惨めな気分を散々味わわされたあの祭り見物の日から半月が過ぎたが、宝坂とはあれきり一度も口をきいていない。

それは、鳥羽署で毎日顔を合わせるようになって以降も同様だった。小鳩《こばと》をはじめとするほかの捜査員たちと談笑している姿はよく見かけるものの、宝坂は雪人《ゆきと》には決して話しかけてこない。弁償を撥ねつけた意固地な態度にさすがに腹を立てたのか、故意に雪人を避けているふうだった。

勝手に騒ぐ恋心に負けて、その姿を盗み見はしても、雪人も宝坂には近づかなかった。だから、着物の件は曖昧になったままだ。高額が絡んでいるので、はっきりさせておいたほうがいいと思いつつも、捜査に忙殺されるうちに気にする余裕もなくなった。

そうして十日ほどが過ぎた夜のことだ。

貴文《たかふみ》が「おい、事件発生や」と、電話をかけてきた。

『昨夜な、菫《すみれ》とハイアットに』

五日ぶりに帰ってきた寮のベッドに倒れこんでいた雪人は、貴文が婚約者の菫とのディナーデートによく利用している高級ホテルの名が出た瞬間、「切るぞ」と唸る。

「今、バカップルの惚気話《のろけばなし》聞く気分やないし」

『えらい声が死んどるなぁ。夏バテして、痩せたんやて？』

「夏バテやのうて、痩せたんはストレスで――って、何でそんなこと知ってんねん」

『あのいけ好かん気障《きざ》な東京もんに聞いた』

「……どこで？」

『そやから、ホテル。今朝、チェックアウトしとったときに、ばったり出くわしたんや』

言われてみれば、宝坂はどこかのホテルで開催される少年法関連の全国会議に出席するとかで、今日は捜査本部には現れなかった。

『ところでなぁ、ユキ。俺は一体いつからお前のオトコになったんや？』

ほのかな棘を含んだ揶揄い口調で、貴文が訊いてくる。

一瞬、何のことかわからなかったけれど、すぐに宝坂にそんな嘘をついたことを思い出す。

「……あぁ、悪い。ちょっと色々あって、その場の話の流れでそういうことにさせてもろうてたわ」

『そやったらそれで、一言、言うとけや。いきなり、お前が休みもなしに毎日必死で働いとるのに、女と浮気とはどういう料簡《りようけん》や、て詰め寄られて、こっちは何のことやらさっぱりで、ええ迷惑やったんやぞ』

「――あいつに、何て言うたんや？」

携帯電話を握る手に冷や汗が滲み、雪人は思わず起き上がる。

『安心せぇ。お前が八年も失恋引きずっとるアホの子やてバラすんも可哀想《かわいそう》やさかい、ちゃんと気ぃ利かせて、アカデミー賞もんの最低の浮気男演じたったし』

安堵の息を落としかけた雪人に、貴文は一呼吸置き、おもむろに言った。

『なあ、ユキ。あの東夷、ほんまはお前に気ぃがあるんと違うか？』

あまりに素っ頓狂な仮説を聞かされ、驚くあまり、声が詰まった。

『最近顔色が悪なったとか、痩せたとか、お前のこと、妙によう見とる』

「ああ、それか……」

雪人は、掠れた笑いをこぼす。

「今の本部な、ただでさえ手ぇ足りてへんのに、何人か続けて熱中症で倒れてしもたんや。それで、捜査員の体調管理にやたらうるそなって、単に本部全体を機械的にチェックしとるだけで、べつに俺だけ見とるわけやない」

雪人に関する情報源は、おそらく小鳩だ。

料亭での醜態などまったく記憶にない様子で、相変わらず大小様々なミスを日々連発する小鳩に対して、雪人は無視を決めこんでいた。ストレスは溜まったが、宝坂に小鳩を庇われて嫉妬に身悶《みもだ》えするよりはましに思えたのだ。

急に静かになった雪人を、四班の者たちは暑気あたりだと思っているらしく、それを小鳩が嬉々として宝坂に話したに違いない。

『けどなぁ、あいつ、俺にお前と別れろ、てすごんできよったんやで』

「――え？」

『お前と菫のどっちが本命やて訊きよるさかい、どっちも同じくらい大事やし、そんなん選ばれへんわて適当に答えたら、えらい剣幕で怒り出して、さっさとお前と別れろ、や。俺に捨てられて傷心のお前を食おうて腹積もりちゃうか、あれは』

そう問いかけられ、鼓動が跳ねる。

『お前のこと、ただの部下としか思うてへんのやったら、一回ちょっと顔見ただけの俺に、わざわざ絡んだりしぃひんやろ』

たぶん、それは、と呟《つぶや》きながら、雪人はローテーブルの上の煙草に手を伸ばす。

「お前と別れたら、警察辞めるん、思いとどまると思うてんのやろ。前に、お前と一緒に住みたいさかい、警察辞めるて言うたさかいな」

『警察、辞める気ぃなんか、お前』

少し驚いたように貴文が訊く。

うん、と答えて、雪人は咥えた煙草に火をつける。

「俺、これでも優秀な班長やねん。お荷物扱いされとった班の成績、めっちゃ上げたしな。そやし、課長のあいつにしてみたら、俺は使える駒で、そういう意味で手放しとうないんやろ」

それだけや、と雪人は細く声を絞り、ゆっくりと紫煙を吐いた。

深い意味などあるはずがない。宝坂は、婚約者を熱愛するホモフォーブなのだから。

あまり釈然としないふうの貴文に対してではなく、自分自身に何度もそう繰り返したが、速まる鼓動は一向に静まらなかった。

もし、貴文の推測が当たっていたら——。

明日、どこかに呼び出され、貴文と別れろと忠告されるかもしれない。浮気を知って傷ついた振りをすれば、優しく気遣い、慰めてくれるかもしれない。

そんな期待が自分でも制御できない勢いで一晩中膨らみ続け、翌日は浮かれる寸前の足取りで出勤した。

けれども、朝の捜査会議に出席したあと、宝坂は雪人には目もくれず府警本部へ戻って行った。遠ざかるその背を見やりながら重く曇った心に、もうひとりの自分が話しかけた。

たまたま、忙しかったのかもしれない。夜になれば、きっと電話がかかってくる。

しかし、一日経っても、二日経っても、雪人の携帯電話は宝坂からの連絡を受信しなかった。それでも待ち続け、いつしか携帯電話が気になるあまり、仕事に集中できなくなっていたある日、雪人は捜査車両を運転中に事故を起こしかけた。交差点に差しかかったとき、車内に響いた着信音に瞬間的に気を取られ、危うく対向車と衝突しそうになったのだ。

高いクラクション音に耳を劈《つんざ》かれながら、辛《かろ》うじて車体をかわし、少し先の路肩に車を停めた。宝坂かもしれない。そう期待し、焦ってスーツのポケットから取り出した携帯電話の液晶画面を見ると、表示されていたのは徳元《とくもと》の名だった。

徳元からの定時報告に短い応答をして電話を切ったとたん、今更ながらに冷や汗が噴き出し、手がひどく震えた。

「……何やってんねん。しっかりせぇ」

ハンドルに額を打ちつけ、雪人は低く落とした声で自分を罵った。

まだ耳の奥で反響しているクラクション音に、妄想めいた夢を心臓ごと砕かれた気分だった。そして、いつまで待とうと、宝坂からの電話など鳴りはしないという、当たり前すぎる現実がようやくひたひたと胸に沁みこんできた。

会いたくて、声が聞きたくて、けれども実際に言葉を交わせば、中途半端な優しさと残酷な無神経さに傷つけられる。それなのにどうしても、宝坂を求める気持ちを抑えられない。決して自分のものにはならないとわかっているのに、あの男が恋しくて堪らず、些細な言動に一喜一憂して振り回され、心がばらばらに千切れてしまいそうだ。

震えの治まらない手を握りしめ、こんな苦しみはもうたくさんだと雪人は思った。

このままでは、いつか取り返しのつかない失態を犯してしまう気がした。無様な醜態を晒して軽蔑される前に——せめて手駒としての有用性を惜しまれる存在であるうちに、宝坂の前から消えようと決意し、雪人はその夜、辞表を書いた。

秋になろうとなるまいと、今の捜査本部が解散したら出すと心に誓い、それからは毎日、よけいなことを考える気力が湧かないよう、身体を極限まで痛めつけ、捜査に没頭した。


八月もなかばを過ぎた頃、捜査線上に三人の少年被疑者が浮かんだ。このまま順調に進めば、夏が終わる前には捜査本部は解散するだろうと複雑な思いで安堵しかけた矢先、小鳩が問題を起こした。

ふてぶてしい態度で黙秘する少年被疑者から一言の供述も取れないことに焦り、発した怒声の激しさに驚いた少年が椅子から転げ落ちた。それを、同席していた母親が脅迫行為だと署内に響き渡る金切り声で糾弾しはじめ、ひどい騒ぎになったのだ。

たまたま幹部陣の全員が不在だったため、刑事告訴も辞さないと息巻く母子に、責任者として頭を下げることになったのは雪人だった。

結果的に雪人の謝罪と説得によって、ほかの共犯少年の身元が判明し、また小鳩も告訴を免《まぬか》れた。それにもかかわらず、小鳩は手柄を横取りされたと恩知らずにふて腐れたばかりか、一歩間違えば府警全体の大過を招いたかもしれない失態を反省する素振りすら見せなかった。

溜めこんでいた我慢が限界を超え、雪人は小鳩を捜査から外す処分を下した。四班の部下だけでなく、三班の面々までもが仲裁に出てきたが、雪人は耳を貸さなかった。

小鳩の恨みがましい視線が煩わしく、今日は夕方からになった午後の捜査会議が始まるまでの間、雪人は署の屋上で過ごすことにした。

鳥羽署は現庁舎の老朽化のため、今月下旬から新庁舎へ移転する。手の空いている署員は皆、引っ越し作業に追われており、夕暮れどきの屋上でのんびり休憩を取っている者はひとりもいなかった。そこには、肌に重くまとわりつく熱が溜まっているばかりだった。

まだ明度の高い空に向かって響きわたる蜩《ひぐらし》の声を聞きながら煙草を吸っていると、宝坂が現れた。

「椎名《しいな》さん、ちょっといいですか？」

窃盗団を構成するほぼ全員の身元が割れたことで、少し前に一課長らとともに署に姿を見せた宝坂は、雪人が小鳩に処分を下した場にはいなかった。だが、小鳩に泣きつかれでもして、騒動の顚末《てんまつ》を知ったのだろう。

予想はしていたけれど、ずっとわざとらしく避けていたくせに、小鳩のことになるとすぐさま飛んでくるその寵愛ぶりが、胸を痛いほど疼《うず》かせた。

「用件によります。小鳩への処分の件なら、話すことは何もありません」

雪人は紫煙を細く吐き、平坦に言う。

「彼はまだ若いんです。長い目で見て、指導してやってくれませんか？」

「指導など無益です。聴取ひとつまともにできないようでは、刑事云々《うんぬん》の以前に警察官としての資質がないと言わざるを得ません」

「ずいぶん、手厳しいことを仰いますね」

宝坂は淡く苦笑を滲ませる。

「事実ですので。若さは未熟の言い訳にはなっても、無能の理由にはなりません」

「確かに、小鳩さんはミスが多いですし、成績もふるいません。ですが、彼はそれを自覚して悩み、改善しようと努力をしています。だからこそ、十分な指導と精神的なケアが必要ですし、それは本来、班長であるあなたの職務のはずですよ」

「育たないことがわかりきっている者に手をかけるような、労力と時間の無駄使いはしたくありません」

「そういうことは、せめて一度試してみてから言うべきでしょう。あなたはこのふた月の間、小鳩さんのミスを論《あげつら》って責める以外のことをしましたか？　育てようともしないで無能だと切り捨てるのは、職務怠慢ではありませんか？」

「論うとはずいぶんな言われようですね」

気だるく蒸す大気はどろりと油を流したように澱んでおり、今晩の寝苦しさを思いながら、雪人は乾いた笑みを薄く漏らした。

「人間は誰しも失敗を繰り返しながら学び、成長していくものですし、その速度は人それぞれでしょう？　いきなり捜査から外しては、小鳩さんは今回の過ちから何も得ることができません。早まった処分をせずに、もう一度チャンスをあげてください」

「そんなもの、やるだけ無駄です。課長がどう弁護しようと、処分は撤回しません」

「では、命令します」

凛然と響く声が耳に届いた瞬間、胸の中で渦巻いていた嫉妬をなぎ払い、激しい怒りが沸き立った。

公私混同もいい加減にしろ、と怒鳴りかけて、しかし雪人は言葉を呑んだ。

ふいに、醜悪な考えが頭を擡げたのだ。

――宝坂が私情で小鳩を特別扱いするのなら、自分も私情でそれに応じてやろう、と。

「わかりました。ただし、条件があります」

戦いを挑むように、雪人は放つ眼差しを勁《つよ》くする。

「条件？」

「ええ。小鳩を捜査に戻す代わりに、私とつき合ってください。婚約者が近くにいない憂《う》さをあの男と飲み歩いて晴らすくらいなら、私とのほうがよほどましな暇つぶしが――」

驚愕の色を濃く湛えた双眸と視線を合わせた刹那、雪人は言葉なかばで我に返った。

血を沸騰させていた怒りが一瞬で消え失《う》せ、代わりに後悔が噴き上がる。拒絶が発せられる前に、この醜態を取り繕わねばならない。そう思ったが、頭が少しも働かない。どんな弁解をすればいいのか、まるでわからなかった。あまりの居たたまれなさに思わずその場を逃げ出そうとしたとき、宝坂の唇がゆっくりと動いた。

「かまいませんよ」

「――え?」

「言うべきではないと思って黙っていましたが、実は少し前、偶然あの人に会ったんです」

唖然《あぜん》と呆《ほう》ける雪人を静かに見つめ、宝坂は小さく苦笑をこぼす。

「今、揉めているんでしょう? 私でよければいつでもお相手をしますから、小鳩さんへの八つ当たりはやめてあげてください」

男に捨てられそうになって、部下に当たり散らしているヒステリーの同性愛者。

宝坂の目にはそう映っているのだと思うとどうしようもなく惨めだった。けれども同時に、ほんのわずかな時間だけでも宝坂を独り占めできることに、身体の奥底で昏《くら》い喜びが大きく芽吹いた。

「班長！　せっかく久々に早よ帰れるんですから、飲みに行きましょうよ」

珍しくまだ空が明るい時刻に午後の捜査会議が終わり、帰宅準備をしていると、小鳩が満面の笑みを見せて寄ってきた。

「嫌や。今晩はさっさと寮に帰って、寝倒すんや。飲みに行きたかったら、課長でも誘え」

今日まで十日近く署に泊まりこみ、道場での雑魚寝《ざこね》を続けていたのだ。

雪人は検討することなく、誘いを断った。

「課長は駄目です。何や、今晩は大事な用があるて言うてましたもん。それより、班長、また痩せたんと違います？　この本部もあとひとふんばりなんですし、何か精つく美味いもん、食べに行きましょうよ～」

甘えた声を出していた小鳩が、ふいに「あ、そや！」と叫ぶ。そして、自分の席へ走って行ったかと思うと、鞄《かばん》から何か茶色い小瓶を取り出して駆け戻ってきた。

「俺ん家《ち》、薬局なんですけど、署に戻ってくる途中、前通ったんで、もろうてきたんです。これ、うちの店で一番高いやつですから、めっちゃ効きますよっ！」

やけに自慢げな表情で、小鳩は滋養強壮ドリンクを差し出す。

ちらりと見やったラベルには、高麗人参《こうらいにんじん》や鹿《しか》の角《つの》、すっぽんなどの高級生薬名がずらずらと並んでいた。ストレスと体調不良の元凶だった男から「元気になってくださいね」と栄養剤を贈られ、湧き起こった脱力感で軽い眩暈がした。

「……いらん」

「えー。班長のためにくすねてきたのにぃ」

「盗品なんぞ、よけいにいらんわ」

額を押さえて深く息を落とすと、隣で新聞を広げていた三班の班長の柴崎《しばざき》が呆れた声で言った。

「おい、小鳩。窃盗団の捜査しとる刑事が盗み働いてどないすんねん。アホか、お前は」

その通りだと雪人が同意するよりも早く、柴崎は「俺が証拠隠滅したるし、感謝せえ」とドリンク剤を奪い取り、一気に呷《あお》った。

「あーっ！　何すんですかっ、柴崎さんっ。それは班長のために盗ってきたんですよっ！」

小鳩が悲鳴めいた抗議の声を上げ、柴崎に食ってかかる。

「そやから、班長の俺が飲んだったんや」

「柴崎さん、俺の班長と違うやないですか！」

「椎名かて、べつにお前の班長とちゃうやろが」

「違いませんよ！　四班の班長やから、俺の班長やないですかっ」

吠《ほ》え立てる小鳩の声に、心身ともに溜まった疲労が急速に増していくような気がした。

勢いで思わず宝坂に交際を迫った日から、今日で五日だ。

かまわない、と返事をもらったその瞬間は興奮したが、一晩経っていざ冷静になってみると雪人は何もできなかった。宝坂と小鳩の友情を盾に取った、脅迫とも言える交換条件だったことへの後悔もあったが、それ以上に怖かったのだ。

宝坂がどのていどまでを「つき合う」と考えているのかはわからないが、ホモフォーブになった原因が原因なので、性行為など端《はな》から論外のはずだ。せいぜい食事に行くくらいが関の山だろうが、よく考えてみると、ふたりきりになったところで気まずいだけだ。

それに、接触する回数が増えれば、そのぶんだけ嘘がほころぶきっかけも増える。

大森と話していた宝坂は、雪人を汚物のように拒絶した八年前の男とよく似ていた。もし、宝坂の素顔が今もあの頃と同じなら、胸のうちに巣食うこの妄執めいた想いが何かの弾みで露見したときに、どんな言葉が飛んでくるだろうか。そのことを思うと恐ろしくて背が震え、とても宝坂に近づく気にはなれなかった。

むしろ、あの取引をなかったことにしたくて、雪人は小鳩への処分を撤回し、ついでに捜査の要領と、自分が持っていた情報を教えてやった。

宝坂が条件を飲んだのは、小鳩のためだった。だから、小鳩が多少実になる報告を会議ですれば、「あれは忘れてください」と直接頭を下げに行って恥の上塗りをしなくとも、何も言ってこないだろうと考えたのだ。

それは予想通りだったが、誤算だったのは小鳩の信じ難い単純さだ。

与えた情報と助言が予想外の効力を発し、小鳩はそれまで誰も気づかなかった少年窃盗団を陰で束ねていた司令塔の存在を突きとめるという初めての大手柄を挙げた。その結果、小鳩は「俺、班長に一生ついて行きます！」と雪人に心酔してしまったのだ。

忠犬さながらに無邪気に懐《なつ》かれ、初めは鬱陶しさに辟易《へきえき》していたが、慣れとは恐ろしいもので、三日もするとだんだんと情が湧いた。あんなにも憎くて嫉ましかったはずなのに、信頼しきった眼差しをまっすぐに向けられるうちに、窮鳥が懐《ふところ》に飛びこんだ猟師の心境になり、雪人は小鳩を邪険にできなくなってしまった。

「ねえ、班長。そうですよね？」

「アホなこと言うとらんと、お前も早よ帰って寝ろ。明日も今日みたいに遅刻してきたら、今度はほんまにしばくぞ」

「今日遅刻したんは、俺のせいやないですよ。課長のせいです」

「……課長？」

「そうです。昨夜は課長と飲んどって、泊めてもろたんですけど、課長、今朝は府警本部のほうに出勤やったでしょう？　課長のマンションから本部まではすぐやから、自分は朝っぱらからマンションのプールへ泳ぎに行って、ゆっくりしてはったんですけど、俺が鳥羽まで出なあかんことすっかり忘れて、寝こけとる俺をそのままにしてたんですよ」

酷いでしょ、と小鳩は唇を尖らせる。

「昨夜は課長から泊まってけて誘うてきはったんやから、責任持って起こしてくれるんが筋言うもんでしょう？」

「何が筋や。二十七にもなって言う台詞か、それが」

小さく漏らした笑みが、少し引き攣った。

小鳩への感情が和らいだせいか、以前ほどの激しい憎悪《ぞうお》は湧かないが、それでも宝坂との親密ぶりを聞かされると胸に靄がかかる。捌《は》け口《ぐち》を失ったぶん、その靄はどろりと重く心を澱ませた。

無性に煙草を吸いたいと思ったとき、プライベート用の携帯電話が鳴った。

液晶画面に表示されていたのは貴文の名前だった。雪人は煙草と携帯電話を持って屋上へ上がる。応答すると、近いうちに貴文の友人に会ってみないかと誘われた。

『大阪の弁護士でな、歳は俺とおんなじ三十二や。あの気障な東京もんに負けへんシュッとした男前で、性格もええぞ』

「弁護士はあんまり好きやない」

うっすらと茜色《あかねいろ》に染まった空をぼんやり眺め、雪人は紫煙を細く吐いた。

『まあ、そう言わんと、いっぺん会うてみぃ。俺が菫と結婚したら、何ぼお前がベソベソ泣きついてきたかて、今までみたいにはかもうてやれへんねんぞ?』

「裏切り者。俺より女取るんか、貴文」

わざとらしく拗《す》ねた口調を返すと、「アホか」と鼻であしらわれてしまう。

『冗談言うとらんと、真面目に考え。気障が服着て歩いとるみたいな東夷に、いつまでねちねち不毛な岡惚れしとる気や?』

「ゲイいうんは、端から不毛な生きもんや」

『ゲイでも建設的な生き方は何ぼでもできるやろ。今度の休みに、会うだけ会うてみぃ。ほんまに、ええ男やぞ?』

宝坂に会いたい。会いたくない。宝坂の声が聞きたい。その言葉が怖い。宝坂に笑ってほしい。優しくされると辛くなる。——胸の中にはそんな相反する色々な想いが折り重なっていて、自分でもどうしたいのか時々わからなくなる。だが、一番強い思いが宝坂への恋情だということははっきりしている。

こんな状態で誰かに会っても、きっと宝坂と比べてしまう。そして、勝手にがっかりして、相手の男を不愉快にさせてしまうに違いない。だから、まだしばらくは、新しい恋を始める気にはなれなかった。

それから二言三言、言葉を交わして電話を切った直後、雪人は危うく悲鳴を上げそうになった。

やんわりと拒絶すると、貴文はそれ以上は勧めてこなかった。

「……まあ、ほな、考えとく」


宝坂が出入り口の鉄扉《てっぴ》にもたれて立ち、こちらを見ていたのだ。

「——いつからそこに居たんですか？」

「裏切り者、のあたりからです。相手、あの浮気者の貴文さんですか？」

「立ち聞きなんて、悪趣味ですよ」

問いには答えず、雪人は眉をしかめる。

「声をかけるタイミングがなくて」

宝坂は悪びれた様子もなく肩を竦めると、唐突に「食事に行きましょう」と続けた。

やわらかいが、どこか誘っていると言うよりも、命じているような声音だった。

「……このあと、何か用事があるんじゃないですか？　小鳩がそう言っていましたが」

「ええ。椎名さんと食事に行くという大事な用があったので、小鳩さんは断りました」

「……私の都合も確かめずに、決めないでください」

「最初から、課長命令で無理やりにでもお連れするつもりでしたから」

「職権濫用ですよ」

「そうでもありません。椎名さん、最近、食事をちゃんととられてないと小鳩さんから聞きましたよ？　捜査も大詰めの今、少年捜査課《う ち》の主力に倒れられては、課長である私は非常に困りますので」

それに、と宝坂は嫣然《えんぜん》と笑む。

「今の電話の様子だと、今晩あの人と会う予定はないんでしょう？　だったら、ちょうどいいじゃないですか」

近寄れば、心が乱れて苦しさが増すだけだ。

だから、辞表を出すまでのあと少しの間、もう関わらないと決めたはずだ。それなのに、小鳩よりも自分のほうが「大事な用だ」と優先されたことで、理性の箍《たが》が外れた。

極上のあでやかな笑みを向けられ、雪人の身体はまるで魔法にでもかかったかのように宝坂のもとへ吸い寄せられた。

タクシーが停まった前に建っていたのはレストランではなく、マンションだった。高級感の漂う瀟洒《しょうしゃ》な外装から、宝坂の自宅かと狼狽《ろうばい》したが、そこは大森の住まいだった。

「宝坂君から班長は夏バテ気味だとうかがったので、疲労回復のスタミナ料理を中心にしてみたんです。お口に合うといいんですが」

すぐにも踵《きびす》を返したい衝動と闘いながら通されたリビング・ダイニングのテーブルには、彩《いろど》り鮮やかな料理がずらりと並べられており、香ばしい匂いが鼻孔を刺激した。けれども、食欲など少しも湧かなかった。

着任初日も、鉢合わせをした父親に詰《なじ》られた反発で辞職を仄《ほの》めかした日も、そして強引に呉服屋へ連れて行かれた日も、宝坂の見せた優しさは雪人のためなどではなかった。自分が罪悪感から逃れたいため、検挙率向上のため、小鳩のためだった。今日にしても、宝坂は最初から「主力に倒れられては、課長として困る」と言っていたではないか。

そもそも、雪人を気遣う義理など、宝坂にはない。宝坂にとって、雪人は生理的に受けつけられないゲイであるばかりか、脅迫者なのだから。

それなのに、ふたりきりの食事だと早合点して期待し、裏切られた気分で落ちこむなど、まるで道化だ。

一体、何度同じ過ちを繰り返せば懲りるということを知るのか、と雪人は己の学習能力のなさに内心で自嘲を漏らした。

「……ありがとうございます。でも、突然お邪魔して、ご迷惑だったんじゃないですか？」

ぎこちない愛想笑いを浮かべ、促された席に着くと、その隣に宝坂が座った。

「まさか。迷惑どころか大歓迎ですよ。班長《ボス》に顔を売って、点数稼ぎができますから」

言って、大森は悪戯っぽい笑みを見せる。

「実は、私の主人も班長にお会いするの、楽しみにしてたんですよ。男なのに超美人って
どういうことだ、ってそれはもう興味津々で」

「そう言や、シュウさんは？」

「病院から急患の連絡が来ちゃって。遅くなりそうだから、また次の機会にって」

何だ、と宝坂は残念そうに息をついたあと、雪人に微苦笑を向けた。

「彼女のご主人、すごく面白い獣医さんなんです。椎名さんにも、ぜひ紹介したかったん
ですが」

そのとき、大森がたまりかねたように噴き出した。

宝坂が「何だよ」と眉根を寄せる。

「だって、いつ聞いてもおかしいんだもん。その猫被りな話し方」

大森は肩を竦めて宝坂の向かいの席に腰を下ろすと、雪人を見て言葉を継いだ。

「班長は、宝坂君の大学での先輩なんですよね？　宝坂君、班長の前では学生時代からこ
んな感じだったんですか？」

大森の表情には、何の含みもない。おそらく、宝坂は雪人との関係を単なる「大学の先

輩と後輩だ」としか言っていないのだろう。

　雪人は「少し、雰囲気が違ったと思います」と、当たり障りのない答えを返した。

「じゃあ、大学でも俺サマだったんですね」

　やっぱり、と大森は大きく頷く。

「猫を被った宝坂君を初めて見たとき、顎が外れるくらい驚きませんでしたか？　私なんか、宝坂君と京都の警察で再会した腐れ縁よりも、そっちのほうに唖然呆然でした」

「大げさなんだよ、お前は。社会人なら、臨機応変に顔を使い分けるのは普通だろ」

「宝坂君の場合は、そんなレベルを遥かに通り越してるじゃない。普段は天上天下唯我独尊的な俺サマのくせに、職場じゃ菩薩《ぼさつ》みたいなスマイル振り撒いてるんだから、ほとんど二重人格でしょ。班長もそう思いませんか？」

　気心の知れた空気を濃く醸し出す二人の間で疎外感に囚われながら、雪人はただ曖昧に笑んだ。

「宝坂君も私も、高校の三年間、生徒会にいたんですけど、宝坂君が生徒会長だったときの恐怖政治は凄《すご》かったんですよ。笑っちゃうくらいジェントルマンな今の『宝坂課長』とは正反対の俺サマ独裁者で、気に入らない部を片っ端から粛清してましたから」

「勝手に話を作るな。活動実績のない部が多過ぎたから、整理しただけだろうが」

　だから、それが粛清でしょ、と大森が即座に返す。

「……あの、大森さんは確か、大学から京都なんですよね？」

二人だけが共有する過去を楽しげに話されることが、何だか辛かった。

強引に話を逸らすと、大森はなぜか目を輝かせて頷き、「私、仏閣仏像マニアなんです！」と高らかに声を放った。

「だから、仏閣巡り三昧に浸りたくて京都に来たんです。あ、主人もお寺が好きで、出会ったのは夏の蓮花寺《れんげじ》だったんですよ」

訊いてもいない夫との馴れ初め《なそ》を勝手に披露して頰を染めた大森の背後で、ベビーベッドの中の赤ん坊が泣き出した。

ちょっとすみません、と席を立った大森はベッドから赤ん坊を抱き上げ、オーディオシステムのスイッチを入れた。

その直後、スピーカーから流れてきた旋律が雪人の背を凍らせた。

アレンジされたピアノ曲になってはいるが、メロディはあのライブバーで雪人がいつも宝坂にリクエストしていた曲――「クライ・フォー・ザ・ムーン」だ。

「これ、この子のお気に入りの曲なんです。この曲をかけると、どんなときでもすぐ泣きやむんですけど、赤ちゃんなのにこんな曲が好きなんて、ちょっと変わってますよね」

喉が灼けついて言葉が出ない雪人の隣で、宝坂が「そんなことはない」と笑った。

「むしろセンスがいいんじゃないのか？　この曲は元は『ストロベリー・ムーン』ってい

うイギリス映画のオリジナル曲だが、劇中じゃ子守唄としても弾かれてるからな」

「そうなの？　でも、これってタンゴでしょ。踊るための曲なのに子守唄なの？」

「ああ。主人公がアルゼンチン人の血を引いてる音楽家で、窓から見える月を取ってきてくれ、って駄々をこねて寝ない子供をあやすために弾くんだよ」

「へえ。だから『クライ・フォー・ザ・ムーン《ないものねだり》』って曲名なんだ。映画のタイトルも『ストロベリー・ムーン』だし、この映画、月の話なの？　ＳＦ？」

「観たことないのかよ？　イギリス映画の傑作だぞ？」

片眉を撥ね上げ、宝坂は「月」に導かれる主人公の数奇で、愛に満ちた人生が描かれた映画の内容を説明しはじめる。

　少し乱雑な、けれどもビロードを思わせるなめらかなその声に、脳をゆっくりと掻《か》き回されているような気分だった。

　雪人にとって「クライ・フォー・ザ・ムーン」は、あの店で二人を繋いでいた思い出の曲だ。人気の高い曲なので、これまでにもテレビや街頭で偶然耳にしてしまうことが何度もあり、そのたびに美しいチェリストに夢見心地の恋をしていた日々と、悪夢にも等しい八年前の夜が脳裏にまざまざと蘇り、息が詰まりそうになった。

　今もそうだ。背が強張り、たまらなく苦しい。なのに、宝坂は動揺している様子などまったくなく、かすかな笑みさえ浮かべている。

宝坂は八年前の暴言を謝罪し、雪人はそれを受け入れた。だから、きっと、宝坂には何ら意識するに値しないものなのだろう。

この曲も、そして雪人との過去も――。

「ふうん。何だか面白そうだし、今度、観てみる」

大森は、すっかり泣きやんだ赤ん坊を抱いたまま椅子に座る。

「ほら、物知りな俺サマ課長と、とっても美人な班長ですよ～」

母親に頬擦《ほおず》りをされ、赤ん坊は楽しげに笑った。宝坂も微笑んで、その顔の前にそっと指を伸ばした。すると、赤ん坊は宝坂の指を小さな掌《てのひら》でぎゅっと握り、また嬉しそうな声を高く転がした。

すらりと伸びた形のいい指に、何の躊躇《ためら》いもなく触れることのできる赤ん坊が、雪人はどうしようもなく嫉ましかった。

男同士では、どんなに愛し合い、望んでも、愛の証である新しい生命など産みようもない。まして、愛されたことすらない雪人がその身から吐き出せるものと言えば、醜い嫉妬だけだ。それを思い知らされた気がして、生まれたばかりの我が子を満ち足りた表情で抱く大森に、不合理な怨嗟《えんさ》を覚えてしまう。

そんな情けない自分への自己嫌悪を抱きながら、雪人は赤ん坊に微笑みかける宝坂をぼんやりと眺めた。

やわらかで、穏やかな眼差しに、宝坂の人間性のすべてが表れているような気がした。素顔での言葉遣いは八年前と同じでも、今の宝坂は他人を深く思いやれる男だ。だからこそ、交際を迫っておきながら、無反応なままだった雪人を、自分から誘ってくれたのだろう。これ幸い、とあの約束を曖昧に霧散させてしまうこともできたのにそうせず、こうして「体調不良の部下」を気遣い、自分のできる範囲で「恋人に捨てられそうになっている同性愛者」を慰めてくれようとしているのだろう。

だが、宝坂には、同性愛者に監禁された過去がある。本当は、雪人に関わるのは不本意に違いない。きっと本心では、こんなことはしたくない、と苦しんでいるはずだ。

宝坂の気持ちを想像するうちに、胸がどんどんと冷えていった。自分は今、宝坂を監禁した男と同じことをしているのかもしれない、と気づいたのだ。

どのみち、決して叶わない恋なのだから、もうここが潮時だ。――雪人は、自分に強くそう言い聞かせた。

十年近く囚われていた宝坂への恋情からは、もしかしたら一生解放されないかもしれないけれど、苦しむのは自分だけでいい。好きな男に、もう辛い思いはさせたくなかった。

頃だった。

　どうにか笑顔を保ったまま食事会を終え、大森の家を辞したのは、九時半を少し過ぎた
　マンションを出たら、すぐにあの約束の破棄を申し出て、書いた日からずっと鞄に入れている辞表を宝坂に渡すつもりだった。しかし、先に口を開いたのは宝坂だった。

「彼女、お喋《しゃべ》りなのがちょっと難点ですけど、優秀な刑事です。復帰したら、椎名さんのいい右腕になると思いますよ」

「彼女が復帰する頃には、私はもう辞めています」

　言って、雪人は鞄から辞表を取り出す。

「やはり、秋までは無理です。身勝手で申しわけありませんが、今の捜査本部が解散したら、辞めさせてください」

　そこまで一気に告げて小さく息を吸い、雪人は「それから」と続けた。

「先日の屋上で私が言ったことですが、あのときはどうかしていました。本当に申しわけありませんでした。どうか、あれはなかったことにしてください」

「なぜ、辞めるんですか？」

　雪人が差し出した辞表を受け取ろうとはせず、宝坂はわずかに首を傾げた。

「……理由は言ったはずです。お忘れですか？」

「いえ、覚えています。ですが、寿退社はもうお流れなのではありませんか?」

周囲は住宅街で、ひとけはない。

蒸して、薄暗い通りに、宝坂の紡ぐ声音が静かに響く。

「非礼を承知で言いますが、あの男はあなたを自分の好きなようにもてあそべる玩具《おもちゃ》として思っていないようでしたよ。よけいなお世話でしょうが、早く別れたほうが賢明だと思いますが」

「課長には関係ないことです」

「なくはないですよ。私は、椎名さんに辞めてほしくないと思っていますので。小鳩さんも、椎名さんのご指導のおかげで初めての手柄を立てられましたし」

また小鳩か、と雪人はうつむいて唇を嚙《か》んだ。

「……別れたとしても、今の捜査本部が解散したら辞める気持ちに変わりはありません」

「どうしてですか?　あの男と別れたら、辞める理由もなくなるはずでしょう?」

宝坂への恋心に引きずられて、誰かに悪感情を持つことはもうしたくない。まるで、小鳩のために引き留めているかのような言葉を聞かされたからと言って、小鳩を妬《ねた》んだりしたくない。抱くだけ無駄な不毛な恋だとしても、ただひっそりと宝坂を好きでいられることに満足したい。

そう望んではいても、心は勝手にじくじくと痛んでしまう。行き場を求めて胸のうちで渦を巻いていた感情の波は、同じ問いを執拗《しつよう》に繰り返されたことで宝坂に向かってうねり立ってしまった。

　そして、その瞬間、ゆがんだ恋心が浅ましい想いを生んだ。

　どんなに小さくてもいいから、いつか宝坂が結婚したとき、その幸せな生活を曇らせる心の棘になりたい、と。

「——以前、課長が仰った通りです。課長の下で働きたくないからです」

「そんなに私が嫌いですか？」

「当然、でしょう」

　頭の中で、もうひとりの自分がやめろと叫んでいたけれど、一旦動き出した舌はとまらなかった。

「あんな酷い言葉で罵倒されて、侮辱されたんです。私は一生、課長を許せません」

「お怒りはごもっともですが、せめて弁解くらいはさせてくれませんか？」

「それはもううかがいました。理性では課長の言動を理解しています。ですが、理性と感情は別物ですから」

「前にお話ししたことには、まだ続きがあるんです。最後まで聞いてもらえませんか？それでも、どうしても私を許せないと思われるのなら、もう無理に引きとめません」

　でも、と宝坂は雪人に向ける双眸をすっと眇めた。

「話を聞いてもいただけないのなら、辞職は絶対に許可しません。お飾りの若造キャリアでも、それくらいのことはできますよ」

口先だけの威嚇ではないことを本能的に悟らせるような、強い声音だった。

なぜ、宝坂がこんなにも頑なに自分の辞職を認めたがらないのか、雪人にはわからなかった。単に、友人である小鳩の指導役として雪人が役に立つから、という理由ではなさそうだ。かと言って、以前口にしていた後任の問題を憂えているふうにも見えない。

自分のせいで二度も雪人を失業させたくないのだろうか。警察を辞めたあとの生活を心配してくれているのだろうか。

何にせよ、交わす言葉が増えれば増えるほど、心が乱れてしまうのは明らかだ。現に今も、恋しい男を苦しめたくないと決意したはずが、瞬間的に尖った気持ちに流されて裏腹の言葉を吐いてしまった。

下手に抗って、口論めいた会話を繰り返すよりも、話を聞くだけ聞いて、「やはり、辞めたい」と告げるのが、一番いい方法のように思えた。

「……わかりました」

「では、私の部屋に来ていただいてもいいですか？」

「え……？」

驚いたせいで、意図せず大きな声が漏れてしまう。

「大っぴらに話せる内容でもありませんし、ここから十分もかかりませんから」

戸惑ったけれど、話を聞くことを了承した以上、断る理由がなく、雪人は辞表を鞄にしまい、宝坂と一緒にタクシーに乗った。

宝坂が住んでいるマンションは、御所《ごしょ》の東側近くにあった。チャコールグレーの外壁タイルが重厚な雰囲気を漂わせているためか、単に夜だからか、低層で横に長いその建物は要塞のように見えた。吹き抜けのエントランスホールを抜け、指紋認証式のエレベーターで最上階に上がった。

大理石敷きの玄関部分は雪人が暮らしている寮の部屋の面積を軽く超えていたし、やわらかなオレンジ色の明かりに満たされたリビング・ダイニングも広々としていた。モデルルームだと感じるほど無機質ではないが、趣味のいい上品なインテリアはすべて色彩がモノトーンに統一されている。

「どうぞ、楽にされてください」

ソファーを示してそう言い、宝坂はキッチンへ向かう。

以前、小鳩がしていた話では、本当は結婚して赴任してくる予定だったそうだし、婚約者はたまに京都へ来るらしい。女の影を見つけてしまわないよう、うつむいて腰を下ろしたソファーは、やたらと座り心地がよかった。

ほどなく、宝坂がブランデーのボトルとグラスをふたつ載せたトレイを持ってきて、ローテーブルの上に置いた。

「何かで割るほうがいいですか?」

酒を飲みたい気分ではなかったが、いらないとは言いづらく、雪人は「そのままで、けっこうです」と答える。

宝坂は雪人の向かいのひとり掛け用のソファーに座り、ふたつのグラスにブランデーをそそいだ。片方のグラスを雪人に渡すと、宝坂は優雅な動作で長い脚を組み、「子供の頃、私はチェリストになるのが夢だったんです」と言った。

「でも、父親が許してくれなくて。父方は代々東大出の官僚なんですが、上にふたりいる兄と姉が別の方向へ進んでしまったので、末っ子の私にはどうしても自分と同じ道を歩ませたかったんでしょうね」

ゆっくりと言葉を綴《つづ》り、宝坂はグラスを傾ける。

「まあ、私も頑固で口の達者な子供でしたから激しく反抗して、最終的に東大に合格すれば音大に行ってもいいということで折り合いをつけ、東大と第一志望の音大を受験して両方に合格したんです。ですが、さすがに父親のほうが一枚上手で、勝手に音大のほうへ入学辞退の届けを出していたんです」

「それで、家出したんですか?」

「ええ。偶然にもライブバーのオーナーに拾われた、まではラッキーだったんですけどね。

まさか監禁、強姦《ごうかん》なんて、安っぽいAVの主人公みたいな目に遭わされるとは思いもしませんでしたよ」

そうだろうと察しはついていたが、実際に宝坂の口から性犯罪の被害者であることをはっきりと認められ、心臓が冷えた。

かける慰めを思いつかず、雪人は黙ってブランデーを飲んだ。

「それだけでも十九の私には耐え難いことだったのに、最悪だったのはそのあとです。逃げ出そうとしたときに見つかって刃物を出され、気がついたら、オーナーが血塗《ちまみ》れで倒れていました」

死んではいませんでしたが、と宝坂はどこか遠くを見るような目をして苦笑した。

「ただ、救急車や警察を呼べば自分が何をされたかまで公になってしまいますし、どうしたらいいかわからず、結局父親に助けを求めたんです。当時、父は法務省の官房審議官で、どんな手を使ったかは知りませんが、綺麗《きれい》さっぱり店ごと闇に葬《ほうむ》ってくれました」

官房とは各省庁における筆頭の内部部局であり、その審議官ともなると絶大な権力を有し、国政に直接影響を与えることもある。

あの店が突然閉店した事情を知り驚いたが、監禁されて性的暴行を受けただけでなく、身を守るために人を刺さざるを得ない状況に追いやられた宝坂の心情を考えると、胸が軋むように痛んだ。

警察官としては不適切だが、雪人は宝坂の父親が権力者であったことをせめてもの幸いと思わずにはいられなかった。

「その代わり、音楽をきっぱり諦めて、将来は官僚になると約束させられました。もっとも、わざわざそんなことをしなくても、もう父の敷いたレールに乗るしかなかったんですけどね。揉み合った際の怪我で、チェロは弾けなくなっていましたから」

「――え？」

「刺されそうになったとき、咄嗟に刃を素手で摑んでしまって、左手の神経を切ったんです」

ほら、と見せられた左手の掌には、手首のあたりから中指のつけ根にかけての長い傷痕がうっすらと残っていた。

「神経はちゃんと繫がりましたし、日常生活に支障はまったくありません。でも、以前のようにチェロを弾くことは、もうできません」

静かな声で宝坂は告げる。

「椎名さんに偶然会ったあの当時は、自業自得とは言え、子供の頃からの夢を断たれた現実をまだ受け入れられていなかったんです」

――またあなたのチェロが聴きたいです。いまはどこで弾いているんですか？

――あの店のオーナーとまだつき合っているんですか？

雪人の放ったそれらの言葉が、残酷な現実と闘いあぐねていた宝坂の傷口に、塩どころか酸を撒いてしまったのだろう。

「……卑怯《ひきょう》です、そんな言い方」

かすかな傷痕の残る美しい手から視線を逸らし、雪人は声を震わせる。

知らずに犯してしまっていた己の罪を、こんなふうに眼前に突きつけられては、もう嘘でも宝坂を許せないなどと言えはせず、どこにも逃げ場が見つからない。

「卑怯でもかまいません。あの最悪な暴言を吐く前に時間を戻す免罪符になるのなら」

「戻して、どうするんです？」

問う唇から、ゆがんだ笑いが薄く漏れた。

「私が課長の下で働きたくないと駄々をこねないように、禍根の残らない当たり障りのない言葉で、私を振り直すんですか？」

「そうじゃありません。あのとき、手に入れ損ねたものがほしいんです」

まるで射貫くような強い視線をまっすぐに向けられ、全身が硬直した。

「椎名さんに会ったのがあの夜ではなく、もう一年――せめて半年遅ければ、絶対あんな態度はとっていませんでした。でも、あの頃はまだ心の整理がつけられていなくて、死んでも思い出したくなかったはずのあの店のお客だったあなたを見て、反射的に自分から声をかけてしまった理由が、まるで理解できていなかったんです」

心臓が早鐘を打ちはじめる。

一体、宝坂は何を言おうとしているのだろう。まさか、と驚きに満ちた期待が湧く。だが、すぐに、都合のいい妄想を抱くな、と理性がそれを打ち消す。

「なりゆきであの街で働きはじめるまではまったくの未知の領域でしたし、オーナーへの嫌悪感がいつの間にか同性愛者そのものへの憎しみになっていましたから、自分が同性を好きになるはずがないと思っていました。だから、椎名さんの来店が楽しみだった理由や、ほかの客は誰ひとり覚えていないのにあなたのことだけは忘れなかったわけを、単に自分の好きな曲をリクエストしてくれた人だからだと思っていました」

室温は快適に保たれているはずだ。なのに、雪人は肌がじっとりと汗ばんでゆくのを感じた。

「本当はそうじゃなかったと気づいたときにはもうあとの祭りで、自分の馬鹿さ加減を死ぬほど後悔しました。あの酷い言葉を謝って、好きだと伝えたくてならなかったのに、そうするすべがなくて、おかしくなりそうでした。しばらくは、寝ても覚めても、頭の中は本当に椎名さんのことばかりでしたよ」

突然のその告白に、思考回路が停止する。

喜べばいいのか、この八年間の苦しみは一体何だったのだと怒ればいいのかわからず、雪人はただ呆然と宝坂を見つめた。

「ずっと忘れられませんでしたから、新任の班長のファイルが送られてきて、一目で椎名《しいな》さんだとわかった日の夜は、嬉しさのあまり興奮しすぎて眠れませんでした。それからは毎日、どうやって椎名さんを口説こうか、仕事そっちのけで脳内シミュレーションに耽《ふけ》っていました」

「――口説かれた記憶は、ありません」

やっとの思いで、雪人《ゆきと》は細く声を絞り出す。

「それに、私を無理やり呉服屋に連れて行った日、課長は『深い意味はない』と仰ったじゃないですか」

「実に間抜けな話ですが、椎名さんに恋人がいることをまったく想定していなかったんです」

宝坂《ほうさか》は肩を竦め、自嘲めいた苦笑いをこぼす。

「椎名さんと私は、偶然の出会いを何度も重ねたでしょう？　こんなにも偶然が重なるということは、椎名さんは私にとっての運命の相手で、今度の再会はきっと私たちが結ばれるためのものだと勝手に思いこんでしまったんです。それで、まずは謝って、許してもらってから口説きに入るつもりでしたので、出端《ではな》を挫《くじ》かれたと言うか……」

ソファーに背を預け、宝坂は少し仰のくようにして笑った。

「恋人がいて幸せだと言うあなたは、私などまったく眼中にない様子でしたから、最初は諦めるしかないと思いました。ただ、その前にどうしても椎名さんとの思い出がほしかったんです。ですから、あの着物自体に意味がないのは本当です。まあ、結果的に、椎名さんをずいぶんと怒らせてしまって、思い出作りどころではなくなりましたが」

細めた双眸に苦笑を滲ませてブランデーを飲み、宝坂は「あのあと、あなたたちが不仲になりかけているのを知ったときは天佑《てんゆう》を得た気分でした」と続けた。

「本当はすぐにも口説きに行きたかったんですが、ただでさえ着物のことで機嫌を損ねたばかりだったでしょう？　それに、椎名さんは署に泊まりこみの毎日で、とても誘える雰囲気ではありませんでしたしね。早まってせっかくのチャンスをふいにしないよう、じっくり好機を待つつもりでした」

宝坂はグラスをテーブルの上に置き、「でも」と声を強くする。

「椎名さんのせいで、理性の抑えがきかなくなりました」

「私の……せい？」

「そうです。つき合えと言って、私を舞い上がらせたまま無視をする椎名さんが何を考えているのか、まるで見当もつかなくて、毎日悶々《もんもん》と悩んでいましたが、もう限界です」

そう言って立ち上がり、宝坂は雪人の左隣に座った。

ただ話をするだけにしては、やけに間隔が狭い。スーツの布越しに宝坂の体温をはっきりと感じ、壊れるのではないかと怖くなるほどに心臓の鼓動が速くなる。

「もしかして、私の気持ちを見透かした上での、八年前の仕返しだったりしますか？」

吐息すら感じられそうな間近に見える宝坂の美しい顔が、眩暈を誘う。

「——違い、ます」

雪人は大きく首を振って、否定する。

「私だって、課長が何を考えているかなんて、全然わかりませんでした……」

「じゃあ、どうして私を無視したんですか？」

「……怖かったんです」

「怖い？　何がですか？」

「課長はホモフォーブでしょう？　だから、無理強いをしたら、また気持ちの悪いホモだと嫌悪されるんじゃないかと……」

「そう思うのは、まだ私に好意を持ってくださっているからですか？」

真顔で問われた瞬間、顔に朱が散る。激しい赤面の仕方が恥ずかしくて、雪人は咄嗟にうつむく。その直後、まるで問いに対する肯定の仕種のようだと気づき、ますます頬を赤くした雪人の頤《おとがい》を宝坂が指先ですくった。

視界いっぱいに宝坂のあでやかな笑みが映り、火照《ほて》りが全身へ広がる。

「椎名さん、私の前ではいつも能面みたいな無表情か、怒っているかのどちらかでしたから、嫌われているのかと思っていました」

「……私は、小鳩《こばと》のような非常識さは持ち合わせていませんから。自分より二階級も上のキャリアの前で、へらへらできるわけ、ない、でしょう……っ」

　宝坂の温かな指先が頤から首筋へと這い、声が震えた。

「大体、いつも……、課長が、私を傷つけることばかり言ったんじゃないですか」

「八年前のことを反省して、極めて紳士的に接していたつもりなのに、心外です。椎名さんの気分を害するようなことを言った記憶はないのですが」

　言いました、と雪人は少し眉根を寄せる。

「口を開けば、小鳩が、小鳩が、と小鳩を贔屓《ひいき》して庇うことばかり」

「それ、まるで、小鳩さんに嫉妬していた、と仰っているように聞こえますが」

　宝坂は、ふわりと嬉しそうに笑う。

「小鳩さん、椎名班長は初日からすごく意地悪だった、と言っていましたが、意地悪の原因が嫉妬になったのはいつからなんですか?」

　触れたくて、触れられたくて仕方のなかった宝坂の手が、雪人の頬を愛撫《あいぶ》するようにゆっくりと撫でる。

　あまりに心地がよくて、うっとりと目を閉じかけたとき、ふいに右の頬に硬い金属を感じた。その無機質な冷たさで、肌の火照りがすっと引く。

「最初からだ、と言ってもらえると大変嬉しいのですが」

「それをしているうちは、何も答えません」

雪人が払いのけた左手を見やった宝坂は、「ああ。気になりますか、指環《これ》」と笑う。

「椎名さんがあの男と別れたら、すぐに外しますよ」

「どうして、私が先なんですか?」

宝坂が婚約者と別れるまでは、真実を告げるつもりはない。

思わず声を高くすると、その反応を喜ぶような笑みが返ってきた。

「小鳩さんのことばかりを話題にしていたのはべつに贔屓ではなく、単に椎名さんと話をするための口実だったんです。ほかに、共通の話題として使えそうなものがなかったので」

言いながら、宝坂は右手の親指の先で雪人の唇をそっと押す。

「それにしても、もう少しわかりやすく示してもらえれば、こんなに時間を無駄にせずにすんだのに」

「私が悪いみたいに言わないでください」

抗議をしてふいと顔を背けたが、べつに腹は立っていなかった。

ただ、宝坂に嫌われたくない一心でついた嘘が原因で、ふたりして誤解を重ねて空回りしていたのかと思うと、何とも複雑な気分になった。

嘘などつかなければよかったけれど、あのときはほかに方法がなかった。そうせざるを得ない原因を作った——宝坂にゲイへの嫌悪感を植えつけたバーのオーナーには怒りを覚えたものの、自分たちが出会うには不可欠の媒体でもあったのだから、まさに皮肉としか言いようのない巡り合わせだ。

「私はマゾではありませんから。気持ち悪がられるのがわかっていて、わざわざ指環をしているホモフォーブの課長に色目を使うわけ——あっ」

ふいに左の耳朶を舐められて、腰が跳ねた。

「へえ。ここ、弱いんですか？」

宝坂は嬉しそうに笑んで、今度は耳朶を甘嚙《あまが》みした。

少し強く食《は》まれたそこから、灼けるような熱が広がる。雪人は漏れそうになった声をこらえて、吐息を震わせた。

「ねえ、椎名さん。私たちは八年も時間を無駄にしたんですから、今は口論よりももっとほかにするべきことがあると思うんですが」

何度も執拗に耳朶を食まれ、舐め上げられる。

宝坂の肉厚の舌と熱い吐息の感触に、こらえきれなくなった声が落ちた。

「あ、は……っ」

ゲイであることを自覚してから、雪人は誰ともセックスをしていない。異性には性欲をまったく感じなくなってしまったし、好きでもない男と関係を持つのは絶対に嫌だった。

だから、初めて耳にする、自分の口から発せられた色めいた声に驚き、狼狽えた。とてもみっともない気がして逃げ出したくなったけれど、宝坂に腰を抱かれて身動きができなくなる。

「私も、小鳩さんに嫉妬しましたよ」

雪人をじっと見すえ、宝坂はそう告げた。

「昨夜は、小鳩さんからあなたの様子を探るつもりが、あんなに意地悪だった班長が最近はいかに優しいかを延々と聞かされて、そこの窓から投げ捨てたくなったくらいですから。また厳しくされて落ちこめばいいと思って、今朝はわざと遅刻させたのに、注意が一言だけとは計算外でしたよ」

「……けっこう、子供っぽいんですね、課長」

「年下の、子供っぽい男は駄目ですか？」

課長が起こしてくれなかったから遅刻した、とむくれていた小鳩と同レベルだと思いながら笑う雪人に、宝坂が熱のこもった声で問う。

「椎名さん、好きです。もう二度とあなたを傷つけたりしません。必ず大事にします」

だから、抱かせてください、と耳もとで甘く落とされた囁《ささや》きに頭の芯が溶かされそうになる。それでも、雪人はどうにか霧散しかけた理性を集束させた。

「……でも、課長には婚約者がいるじゃないですか」

「言ったでしょう？　椎名さんがあの男と別れたら、指環はすぐに外しますよ」

結婚寸前の関係になっている女と、本当にすんなりと別れられるのだろうか。もし、父親の決めた婚約者なら、今さら拒むのは難しいのではないだろうか。そうなれば、いくら宝坂を好きでも愛人になるのは嫌なので、自分が身を引くしかない。だが、この体内に宝坂を受け入れてしまえば、一度も抱かれたことのない今よりももっと別れが辛くなるのではないだろうか。

胸の中であれこれと不安がちらつき、今晩は帰るべきではないかと迷ったけれど、きつく抱きしめられたとたん、何も考えられなくなった。

「私はもうずっと、あなたに夢中なんです。愛しているのは、あなただけです」

やわらかく食まれる耳もとで「好きです」と愛の言葉を何度も重ねられ、どうしようもなく嬉しくなる。とめどなくあふれてくる幸せな思いが手足の爪先にまでぎっしりと満ち、息苦しかった。

雪人は宝坂の胸もとに無言で額を押し当て、吐息を震わせた。

それを、宝坂は抱かれることを求める返事だと受け取ったのだろう。ベルトに手を掛けられたかと思うと、抗う間もなく次々に服を奪われ、下着姿にされてしまった。

「椎名さんの肌、男に征服されるための色ですね」

「え？」

「真っ白で、雪のようなので」

言って、宝坂は脱いだスーツの上着を床の上に放り投げた。その野性味の濃い仕種を見ているだけで、背筋がぞわりと震えた。

「誰も歩いてない雪道を見ると、自分の足跡をつけたくなるでしょう？　あれと同じで、今晩、椎名さんを私のものにした証を全身に刻みつけたくなります」

キスマークでもつけるつもりなのだろうか。雪人は仰のいて、苦笑をこぼす。

「全身は困ります。服で隠れるところにしてください」

「そうできる理性が残っていれば、考慮します」

美しい双眸に喜色の煌めきをたたえ、宝坂は雪人の肩をそっと押す。

「両脚をソファーの上に載せて、左右に開いてください」

立ったまま自分を見下ろしてくる宝坂は雄の目をしていて、その股間は大きく盛り上がっていた。

「……あの、課長。ここで……、する、んですか？」

問う声が震えて、喉に閊《つか》えた。

雄の視線に嬲《なぶ》られた肌の下で、血潮が熱くざわめくのを雪人は感じた。

「ええ、もちろんです」

陶酔を誘う優美な笑みを浮かべ、宝坂は頷く。

「今すぐ、椎名さんと愛し合いたいので」

雪人は、セックスは暗い寝室での秘め事だと思っていた。しかも、事に及ぶのはずいぶんと久しぶりだし、同性とは初めてだ。何もかもが見えてしまう明るさの中で身体を開くのには、抵抗があった。恥ずかしくてならなかった。

だが、ベッドへ移動する時間すらもったいないと言わんばかりの宝坂の甘い囁きは、悪魔のそそのかしのように魅力的だった。羞恥心の下から、愛する男と溶け合う快楽への期待がどっとあふれてくる。

「椎名さん」

濃い欲情をしたたらせる響きに促され、雪人は指示された通り、ソファーに深くもたれかかって脚を開く格好になった。

「腰、もう少し前に出してください」

おずおずと従った雪人の唇を啄《ついば》み、宝坂は下着のウエスト部分に指をかけて引っ張った。そして、床に膝をついて背を屈《かが》ませ、下着の中をのぞきこむ。

「へえ。意外、と言うと失礼ですが、なかなか立派なものをお持ちなんですね。椎名さんは華奢なので、こちらももっと小さくて、ほっそりしているのかと思っていました」

宝坂は雪人の股間へ顔を近づけ、やや薄い陰毛の下でまだやわらかに垂れているペニスをしげしげと観察した。

「でも、色は想像した通りの、つやつやした綺麗なピンク色ですね。勃起したら、とてもいやらしい赤に染まりそうで、楽しみです」

「や、やめっ……」

性器を鑑賞されることよりも、下着の隙間から中をのぞかれていることが、どうにも居たたまれなかった。全裸になった上でそこを見られるのならともかく、下着で隠している場所を部分的にあばかれるのは、とても恥ずかしかった。

身をよじって嫌だと訴えると宝坂はあっさりと下着から指を離し、雪人の内腿《うちもも》を撫でた。

「あっ……」

脚のつけ根のあたりを行ったり来たりしていた指は、やがて股間へ伸びてきた。ペニスの輪郭を下着の上からなぞられ、陰嚢《いんのう》をそろりと握られる。

「んっ」

尖った疼きが背を走り、腰が跳ねた。

「今、前が少し膨れましたね。ここ、気持ちがいいですか？」

宝坂は笑って、雪人の双果を下着ごと掌で揉みしだき、ぐにぐにと捏《こ》ねた。

「あっ、あっ、あっ」

陰嚢をいじられるたび、内腿がびくびくと痙攣《けいれん》し、腰の奥が熱くなる。布越しの刺激は少しもどかしかったけれど、恋しい男に与えられる快楽を身体は悦《よろこ》び、雪人のペニスは瞬く間に下着の中で硬くなった。

「あ、あ……、や……っ」

ペニスは角度を持って反り返り、布地をぐっと持ち上げている。

同じ男なのだから勃起を押さえつけられる窮屈さはわかるはずなのに、宝坂は陰嚢をつつき回すばかりだ。下着を脱がせようとはしてくれないばかりか、膨れた欲の芽に触れてもくれない。

快感と切なさが比例する愛撫に雪人は戸惑い、弱々しくかぶりを振った。

「か、課長……っ」

「何ですか?」

直接、勃起を擦ってほしい。思い切り力強くしごいてほしい。心からそう願ったが、それを口にする大胆さは持てず、雪人は眦《まなじり》を潤ませて宝坂を見つめた。

「もっと強く揉んだほうがいいですか?」

気のせいか、ふわりと微笑んだ宝坂の眼差しは、どこか意地悪に見えた。

もしかしたら、雪人が言いたくて言えないことをわかった上で、焦《じ》らしているのかもしれない。ちらりとそんな疑いを持ったものの、確かめるのは躊躇われた。

仕方なく頷いたとたん、宝坂が陰嚢を握る指先に力を込めた。

「ひぁっ」

くにゅりとゆがんだ蜜の袋の中で双果が転がって擦れ、甘美な痺《しび》れが足先へ走る。

たまらず背を反らせた反動で前に浮き上がった胸を見て、宝坂が目を細める。

「卑猥《ひわい》な勃《た》ち方《かた》がすばらしい乳首ですね」

いつの間にか赤く色づき、高く尖り勃っていた乳首に、宝坂の視線がねっとりと強く絡む。

「あ……」

肌を突き破られそうな、激しい凝視だった。硬くこごった乳首の根元を見えない糸でくびられているかのようで、胸がつきつきと疼く。

眩暈にも似た官能的な感覚が、乳首をさらに尖らせる。

乳頭がつんと突き出た瞬間、その頂を宝坂の舌でぐりぐりと押しつぶされた。

「あぁんっ！」

電流めいた感覚が頭へ突き抜け、喉の奥から高い喘ぎが散った。自分で自分の声に狼狽え、もうそんなことをしても無意味なのに咄嗟に口もとを手で覆った。しかし、すぐに宝坂に外されてしまった。

「椎名さんが感じている声を、ちゃんと聞かせてください」

熱い舌で、乳首を右へ左へと弾き上げるように転がされ、雪人はソファーにぎゅっと爪を立てた。

「――はっ、あ……っ、あっ」

右の乳首を舌で叩かれ、吸われ、もう片方を指でくりくりとねじられる。下肢では、揉まれ続けている陰嚢が、じんじんとした疼きと熱を孕んで痙攣している。

受け止めきれない快感が一度に襲ってきて、羞恥心をあっけなく突き崩す。宝坂の望むままに、雪人は猥《みだ》りがわしい悲鳴を高くした。

「あっ、あぁ……っ。課長……、や、ぁ……ん！」

雪人が腰を振って悶えれば悶えるほど、宝坂は指と舌の動きを激しくした。乳首は根元からきつくしごき弾かれ、蜜袋はぶるぶると揺さぶられる。

女とのセックスや自慰で、乳首や陰嚢に触れることはない。いまだかつて感じたことのない刺激を、身体は戸惑うどころか歓喜して酔いしれ、下着の中で張りつめていたペニスの秘裂がほどなくひくつきはじめた。

「……課長っ。だめ、です……っ」

勃起から淫液が漏れ出したのを感じ、雪人は慌てた。

このままでは、下着を濡《ぬ》らしてしまう。

宝坂を押しやろうとしたが、逞しい長身はびくともしない。代わりに、今さらの抗いを窘めるように両方の乳首の芯を同時に押しつぶされた。

「あぁっ！」

ペニスの先端を包む下着のそこに、じわじわと染みが浮き出てくるのが見えた。

「課長っ！　放して、くだ……さいっ」

「嫌です」

「でもっ。も……っ、出そう……っ、なんですっ」

力の入らない手で懸命に宝坂の肩を叩き、雪人は解放を求める。

「ええ、見ればわかります。我慢せず、出してください」

真っ赤に充血した乳首をくいくいと指の腹で押し上げ、宝坂は笑う。その眼差しは、明らかに雪人の慌てぶりを悦んでいるふうだった。

「あっ。や……、めっ。だめ……っ、だめ、ですっ」

そう答える間にも、自分の意思ではまったく制御できない淫液がとろとろと漏れ、下着に卑猥な染みを広げてゆく。

「下着が……、濡れて……っ。あ、は……っ。だから、放して、くださいっ」

「大丈夫ですよ。着替えならお貸ししますから」

「そ、そういう……、問題じゃ……っ」

着替えがあろうとなかろうと、下着をはいたまま射精をするようなはしたないことはしたくない。放してほしい、と懇願を重ねたが、宝坂は聞き入れてくれなかった。

「あっ。や、ぁ……っ。課長っ」

「嫌だと言われても、放すつもりはありませんので。だから、諦めて、椎名さんが淫《みだ》らに濡れるところを、私に見せてください」

宝坂は言って、陰嚢を転がしていた手を奥へすべらせる。

口調は普段通り丁寧なのに、紳士的とは言えない強引さに煽られて、切羽詰まった感覚がますます膨れ上がったときだ。雄の指が、布で覆われている蕾《つぼみ》の位置を捉え、そこをずんと突き刺した。

「あぁぁ！」

後孔を穿《うが》つ指が下着ごと内部へわずかにめりこんできて、雪人は腰を躍らせた。とめどなく淫液を垂らすペニスの奥から、射精感が突き上がってくる。宝坂の肩にしがみつき、必死でやりすごそうとしたけれど、できなかった。

湿った布地の上から窄まりをぐりんぐりんと硬い爪先で掘りこまれて眼前で喜悦の火花が散り、もうどうしようもなかった。

「ひぅっ！　あ、あ……っ、あぁん……！」

喜色を湛えた獣の目に見つめられながら、雪人は激しく射精した。

しとどにしぶいた精液がどろりと肌を舐め、濡れた布がペニスに貼りつく。

不快と快感があいなかばする感触に胴を小刻みに震わせていると、宝坂がいきなり下着の中へ右手を突っこんできた。

「あっ！」

精液を纏ってぬるつくペニスを乱暴に握られ、雪人は息を詰めた。

「いい具合にぐしょぐしょですね」

「は……っ、あっ、あ……」

宝坂は、雪人の力を失ったペニスを筒状にした掌でもみくちゃにした。一緒に陰嚢もたぷんたぷんと揺れて、精液が腰の奥へ伝い落ちて溜まる。

その粘る流れを、遂情の余韻にわななく窄まりが勝手に吸いこんでゆく。ぬるみが体内へ浸潤してくるような感触に、涙ぐみそうになる。

雪人はたまらず腰を浮かせ、自分で下着をずり下げた。だが、宝坂の身体が邪魔で上手く手が動かず、濡れそぼった黒い茂みをあらわにしただけだった。

「積極的ですね、椎名さん」

たわめた双眸に揶揄いを浮かべ、宝坂は白濁にまみれた陰毛を指先で梳《す》いた。

「ん……っ」

「生え方がすごく綺麗ですし、毛並みもとてもつやつやしていますよね。普段から、ここのケアをしているんですか？」

「……して、ません。そんなこと」

「この叢《くさむら》が自然のままでこんなにも美しいのなら、秘密の花の蕾はもっと美しくて、男を狂わせるあでやかな色をしているんでしょうね」

双眸に浮かべる煌めきを強くした宝坂は、雪人の腰をソファーのふちまで引き寄せ、下着を剝ぎ取った。

覆いを失い、空へほろりと垂れたペニスを伝い、白濁が床へぽたぽたとしたたり落ちる。ペニスだけではなく、陰嚢もその奥の会陰《えいん》も、淫液と精液が混ざり合ったものでびしゃびしゃだった。自覚をしていた以上の、本当に粗相をしたような惨状だ。

「こんなにたくさん出るなんて、しばらくセックスはしてなかったんですか？」

「……そういうデリカシーのない質問は、最低です」

「それはすみません。私は嫉妬深い男なので、つい気になって」

肩を竦めて言って、宝坂は雪人の脚を再びソファーに載せ、大きく左右に割る。

秘部を覆う布はもうない。自分ですら見たことのない場所が、宝坂の眼前であらわになった。

「まさに薔薇色《ばらいろ》の蕾ですね」

宝坂は形のいい唇を優雅にほころばせ、肉環の周縁を撫でた。

「あっ」

密やかなのに強烈な刺激に、窄まりの襞《ひだ》がひくひくと蠢《うごめ》く。先ほど吸いこんだ自分の淫液でしっとりと潤んでいたそこから、くちゅりと水音が立つ。

「色も形も処女のようなのに、娼婦《しょうふ》の誘い方をするんですね、椎名さんは」

淡く苦笑した男の指が、窄まりの中央に宛《あて》がわれる。

息を詰めて身構えた直後、指が肉の環を突き刺し、後孔へ潜りこんできた。

「――ひぁ！」

生まれて初めて知った、体内を異物に侵される瞬間の感覚は、目が眩《くら》むほどに凄まじかった。だが、それは痛みではなかった。愛おしい男に秘所を押し広げられることへの歓喜と快感だった。

その証拠に、雪人のペニスには一瞬で、それもびいんと音がしそうな勢いで芯が通り、勃起した。

「あ、あ、あ……」

そこはすでに湿りを帯びていたし、下着の中をまさぐった宝坂の指も雪人の体液が付着してぬるついていた。

だからなのか、宝坂の長い指はなめらかにずぶずぶと根元まで埋まった。

「中、きついですけど、ローションがいらないくらいずるずるですね」

肉筒の内部を探るふうに、指はその場で上へ下へと大きく動いた。そして、ぐるりと回転してから、ゆっくりと入り口へ向かい後戻りした。

「は……っ、あ……ん」

動作が緩慢なぶん、粘膜を擦られる刺激をはっきりと感じ、雪人は足先をきつく丸めて煩悶《はんもん》した。

下腹部に力が入った拍子に、蕾から引き抜かれる寸前の指を締めつけてしまったが、宝坂は纏わりつく媚肉《びにく》をはねつけ外へ出た。

「あっ」

体内の異物がぬぽんと抜け出た際に感じたたまらない振動に喉を仰《の》け反《ぞ》らせた雪人を、宝坂が「椎名さん」と呼ぶ。

「すごいですね。糸、引いてますすよ」

意味が理解できないまま宝坂の視線の先を見やると同時に、顔面が朱に染まった。

襞をひくつかせている自分の後孔からも、そこへ入っていた宝坂の指先からも、透明な淫液がたらりと長くしたたっていたのだ。

「――やっ」

後孔から淫液を漏らしている様を見られるのは、下着の中で射精をする姿を観察されるのよりも遥かに恥ずかしかった。

咄嗟にそこを隠そうと手を伸ばしかけたとき、宝坂の指が肉環に刺さり、隘路《あいろ》の奥をずんと突き穿った。

「ああっ！」

内壁をえぐるようだった荒々しい挿入を雪人の身体は悦び、ぴくぴくと揺れるペニスの先端から淫液をぴゅっと噴き上げた。

「感度良好なのは嬉しいと言えば嬉しいですが、複雑な気分です」

宝坂が小さく息を落とし、空いていた左手で雪人の陰嚢を握った。

「あんっ」

鋭く甘い痺れが頭頂へ抜け、雪人は腰を揺すって喘いだ。その自分の動きで、体内の宝坂の指を肉襞に強く当ててしまい、淫液がまた飛び散った。

「あ、あ……っ」

「自分のせいとは言え、椎名さんを好きになったのは私が先なのに、ほかの男にあなたの身体をこんなふうにされたのかと思うと、我慢ができません」

低めた声をどこか悔しげに落とすなり、宝坂は二本に増やした指で速い律動を始めた。

「ああっ、あ……っ。ああっ」

宝坂の指が位置を変えるたび、引き伸ばされた肉襞の奥からぐぽぐぽと粘る水音が響く。その淫猥《いんわい》な響きに煽られるかのように、抜き挿しの動きはどんどんと激しさを増してゆき、雪人を翻弄した。

「や……っ、あ、あぁ……んっ。は……、あ、んっ」

肉筒を躊躇なくかき回され、隘路の奥を掘りこまれ、はしたなく湿った喘ぎがとまらなくなる。

腰も前後へびくんびくんと勝手に揺れ、反り返って小刻みに痙攣しているペニスはあとからあとから蜜液を垂れこぼした。

「あ、あ、あ……っ。課長っ。い、いきなり、そんなに……、う、動かさ、——ひぁっ！」

抗議の途中で三本目の指をねじりこまれ、雪人は空を蹴って悶えた。

「でも、気持ちがいいんでしょう？　椎名さんのペニス、大洪水じゃないですか」

宝坂は笑って、抽挿をさらに速く、容赦のないものにした。

「あぁ！　あっ、あ……っ、ふ、あぁ……！」

三本の長く硬い指が、狭い器官の肉襞を無理やり広げて出入りを繰り返す。

深い場所に高速の突きこみをずんずんと送りこまれ、ぐちゅぐちゅと粘る水音はますます大きくなる。

ときにはばらばらの動きで内壁を叩かれ、ときには三本同時に熟れた媚肉を乱暴に擦られるのも、気持ちがよくてならなかった。

起こり立つ愉悦の波に思考力が呑みこまれ、雪人はもう快楽に溺れてのたうつしかなかった。宝坂の指をもっと奥まで引きこみ、より大きな快感を得ようとして、くねり回る腰を制御することも、自分の身体のそんな淫猥さに羞恥を覚える余裕もなかった。

「あ、ああっ……。あ、あ……っ、はぁっ。課長……。あぁん」

さらなる悦楽を希求する本能に従って湿った声で宝坂を呼ぶと、肉襞に感じる指の角度が変わり、雪人は爪先を引き攣らせた。

「は、あ……っ。あっ、いいっ。課長、いい……っ！」

「私は、いいですか？」

ふいに指が入り口ぎりぎりまで下がったかと思うと、何本もの指先でいっせいに肉環の部分だけを高速で突かれ、そこでぐるぐると円を描かれ、雪人はソファーのやわらかな表面をかきむしった。

「いい……っ！　あ、あ、あ……っ、いい！」

「ほかの男よりも、いいですか？」

男は宝坂しか知らないので、比べようがないけれど、それをまだ伝える気にはなれず、雪人はただ喘ぎながら首を振った。

その直後、奥深い場所へずんと伸びてきた指に潤んだ肉を突き刺され、雪人は高く嬌《きょう》声《せい》を散らして二度目の極まりを迎えた。

「――あぁ！」

いつの間にか、ソファーから腰が大きくはみ出ていた。上半身がほとんどシートに倒れた体勢になっていたせいで、放物線を描いて勢いよく飛んだ白濁は、真正面の雪人の頬にびしゃりとかかった。

「あ、あ、ぁ……」

続けざまの絶頂感にうち震えていると、宝坂がどこからか持ってきたタオルで顔の汚れを清めてくれた。宝坂の優しい手が心地よかった。雪人はソファーに横たわって、うっとりと目を閉じる。

宝坂の気配を間近に感じながら、胸を上下させる。やがて呼吸が整うと、深い満足感に満たされた。そして、今晩はもうこのまま眠ってしまいたいと思っていた頭上で、ふいに金属音がした。

かすかなのに、やけに耳に重く粘りつく奇妙な音だ。何だろうと不思議に感じ、雪人は目を開ける。視界に、自分を見下ろしてスラックスの前を寛《くつろ》げる宝坂の姿が映った。ベルトが外され、ファスナーが下り、その奥から赤黒い怒張が引き出された瞬間、雪人はぎょっとして正気づいた。

幾筋もの血管がくっきりと浮き上がって脈動している幹は子供の腕ほどの太さがあり、剣先のように尖り、だが肉厚でどっしりとした亀頭の笠は、恐ろしい角度に張り出していた。宝坂のそれは、まさに凶器としか言いようのない長大さだった。

胸に満ちていた恍惚感《こうこつかん》が、驚きと狼狽と恐怖に変わる。

「椎名さん……」

ソファーに上がってきた宝坂が雪人の脚を性急な手つきで割り、その間に膝立ちで身体をすべりこませた。

雪人の後孔を目がけて近づいてくる宝坂の股間にそびえ立つ肉の楔《くさび》は、びくびくと小刻みにしなっていた。まるで、獲物に飛びかかろうとして鎌首を擡げた蛇のようだ。

そう思ったとたん、破瓜《はか》の痛みを想像して恐怖に襲われた。

常識的なサイズならともかく、あんな何かの冗談のような太さのもので貫かれるのなら、それなりの場所と準備を求めたい。

だが、そんな要求をして、理由を勘ぐられるのは避けたかった。

初めて出会った日から今日まで、どちらがより辛かったなどと張り合う気はないものの、宝坂が婚約を解消するまでは、真実を告げたくないという意地があった。それに、一旦我に返ると、婚約者のいる男と寝るのは不道徳に思えて躊躇われた。

とりあえず、心も身体も満足したので、自分は今晩はもうここまででいい。宝坂は不服だろうけれど、自分を本当に愛してくれているのなら、きちんとけじめをつけてほしい。

「あの、課長。やっぱり、今日は帰ります」

言って、立ち上がろうとしたものの、腰が砕けていて脚に力が入らなかった。雪人はソファーをすべり落ち、床の上にぺたんと尻餅をついた。

「ご冗談でしょう？　それとも、焦らしプレイですか？」

ソファーを下りた宝坂が、怒張を扱《しご》き上げながらゆっくりと近づいてくる。その手の中でペニスはますます猛《たけ》り、獲物を前に舌なめずりでもしているかのように先走りをしたたらせた。

「……違います。もう、寮に帰らないと……」

宝坂の勃起の凶暴な変化を見せつけられ、声が上擦った。スーツが散らばっている場所へ手を使ってじわりと後退ったとき、宝坂の背後の壁にかかっていた時計が目に入り、雪人は咄嗟に寮の門限を言い訳にした。

「門限は何時なんですか?」

「十一時です」

十時半を指す時計を一瞥《いちべつ》し、宝坂は「そんなに早いんですか?」と眉を寄せる。

「門限は寮によってまちまちで、私のいる寮はたまたま若手が多いので……」

実際のところ、勤務時間の不規則な刑事の場合は、寮長に連絡を入れさえすれば点呼までに帰らなくても問題はない。加えて、雪人のような年齢や立場になると、生活態度によほど問題がない限り、帰宅が遅れる理由をいちいち詮索されはしない。

しかし、キャリアの宝坂は、入庁後の研修中に経験した警察大学校での厳しい寮生活しか知らず、そんな事情はわからないはずだ。きっと、「門限が近い」と言えば、渋々ながらも解放してもらえるだろうと踏んだのに、その予想は外れた。

「椎名さんの寮、今薬屋町でしょう？　タクシーを拾えば、ここから五分じゃないですか。まだ時間はあります」

あでやかに笑んで雪人の前に立った宝坂は、速度を上げてペニスを数度扱き、そこからおもむろに手を離した。ぬらぬらと赤黒く光る長大な勃起は、音が聞こえそうなほど隆々とした脈動を見せつけながらさらにぐんと猛り、雪人は眩暈を覚えた。

「それに、ちょうどと言うべきなのか、興奮しすぎて、そう長くもちそうもないですしね」

「そんな、やっつけ仕事みたいな愛し合いは嫌です」

どこへ行こうとしているのか、自分でも定かではなかったが、雪人は這うようにして逃げた。けれども、よく磨かれたフローリングの床がつるつるとすべり、なかなか前へ進めなかった。

「そう言われても、ここでやめられるわけがないでしょう？　椎名さんも男なんですから、おわかりでは？」

「わかりますけど、わかりたくありません。私を本当に好きなら、婚約を解消して、後日出直してください」

「本当に愛しているから、もうこれ以上、一秒も我慢ができないんです」

背後から腰を摑まれ、臀部《でんぶ》の肉を左右に広げられたのと、その中央の窄まりに熱塊が押し当てられたのを感じたのとはほぼ同時だった。

入り口の襞が圧《お》されてひしゃげた未知の感覚に息を詰めた刹那、太くて硬い灼熱《しゃくねつ》の杭が窄まろうとする肉環を無理やりずぶんと突きえぐった。

「——ひぁ！」

凶悪な形に張り出した亀頭の笠が肉襞に引っかかったけれど、宝坂は隘路が見せた抵抗を荒々しく弾き飛ばし、腰を進めた。

「あ、あ、あ……、あぁぁ！」

肉厚の亀頭がすべて埋まってしまうと、あとの挿入はなめらかだった。指淫で潤んだ媚肉をぐいぐいとかき分け、長大なペニスは奥へ奥へと押し入ってきた。

貫かれた瞬間は目が眩んだが、想像して怯《おび》えたような痛みはなかった。内壁を擦られながら感じたのは、粘膜を灼く熱と脳が溶け爛《ただ》れるような悦楽だった。

「——っ。すばらしい蕾をお持ちなんですね、椎名さん。ぎゅうぎゅうにきつく締めつけてくるのに、私のペニスをずるずる呑みこんでくれますよ。この小さくて愛らしい蕾に、もう半分以上、私が挿《はい》っているのがわかりますか？」

上擦った声で問い、宝坂はその位置でペニスをぐるぐると大きく回転させた。

「ああっ！」

突然、動きを変えた肉の剣の切っ先に肉筒をかき回され、愉悦の炎が瞬く間に全身へ燃え広がる。腰がひとりでに揺れ上がって、雄を根元まで一気に引きこんだ。

「く、ぅっ」

想像もしていなかった奥深い場所に、重い突きがずしりと響く。自分で招いたその衝撃に驚き、慌てて腰を崩し落とすと、今度はぬるりと抜けかけたペニスの笠がまた肉環で閊え、襞が限界まで引き伸ばされた。

図らずも最も太々と張り出した部分を敏感な入り口で咥えこんでしまい、脳髄が感電したように痺れた。

「あ、あぁぁ……っ！」

狂おしいほどに尖った喜悦が強烈な射精感を生み、雪人はいつの間にか自分が勃起していたことに気づいた。

「や……ぁ、あっ、あ、あ……っ」

他人の家の床を精液で汚すことに激しい抵抗感を覚えたが、駄目だと思う抑制がかえって射精欲を膨れ上がらせた。

「あ、あ……っ。また、いく……っ。いく、いく、い、く……っ」

雪人は腰をびくびくとくねらせながら、射精した。

相手が恋い焦がれてきた男だからなのか、久しぶりのセックスだからなのか、三度目の吐精なのに飛び散った白濁は、まるで放尿をしているかのような量と勢いだった。

「いや……、いやぁ……」

噴き出る精液がびしゃびしゃと床を叩く振動が伝わってきて、たまらず後ろへ逃げると亀頭が後孔に深く突き刺さる。悲鳴を上げて反射的に前へ屈み直せば、精を撒くペニスの先端から響いてくる振動が強くなる。

前からも後ろからも悩ましい攻めを受け、雪人は四つん這いの格好で宝坂の亀頭だけを食いしめる肉襞をぬちぬちとわななかせながら、どうしようもなく身悶えた。

「あ、あ、あ……っ」

ただ震えているだけでも前後からの刺激を感じ、長く続いた射精がようやく終わったとき、腕を突っ張らせて体勢を維持する力はもうなかった。

床の上に倒れ伏した直後、腰を強い力で後ろへ引っ張られたかと思うと、絶頂の余韻に痙攣していた肉筒に怒張の全身をずっぽりと埋めこまれ、雪人はのたうった。

「ああん！」

「あなたは、どこまで淫らなんですか、椎名さん」

発情した獣の声を低く発して、宝坂は凄まじい速さの抽挿を開始した。

「――ああっ。あっ、あ、あ……！」

宝坂の猛るペニスは、雪人を容赦なく串刺しにした。肉襞を掘りえぐる勢いで最奥《さいおう》までもぐりこんでは、粘膜を灼きながら入り口まで引き返す。

それは、単調だがこの上なく獰猛《どうもう》な抜き挿しで、出入りの動きに合わせて入り口の襞が
めくれ上がっては中へ巻きこまれ、その奥からぐちゅぐちゅと響く水音も粘り気を増して
いった。
「あ、あ……っ、課長っ。あ、あ、あっ！」
四肢に力が入らず、雪人は伏して腰だけを宝坂に摑み上げられた格好だ。乱暴に突き上
げられるたび、こごった乳首と卑猥に揺れ回るペニスの先端が床でぐにぐにと擦れてつぶ
れ、甘美な摩擦熱で背骨が溶けてしまいそうになる。
「やっ、課長……。いや……、もっと、ゆっくり……っ」
涙ぐんで訴えたとたん、宝坂の腰遣いがさらに猛々《たけだけ》しくなった。
「無理です。もうとまらないと言ったでしょう?」
苛烈な突きと共にずっしりとした陰嚢で会陰をしたたかに打たれ、雪人は喉を仰け反ら
せた。
「やぁっ。で、も……っ。あ、あ……っ、乳首が……、乳首がっ」
「いじってほしいんですか?」
違うと否定する暇も無く身体をひっくり返され、胸もとへ伸びてきた指に乳首をつまみ
上げられた。
「ひ、ぅっ。いや……、乳首、やめ、て……っ」

「『嫌』じゃなくて、『いい』でしょう？　乳首をいじったら、中がいやらしくうねって、私のペニスに吸いついて来ましたよ」

そう言って、色香の匂い立つ笑みを浮かべた宝坂のペニスが、雪人の中で変化した。

その硬度と長大さが、より凶悪なものになったのだ。最初は気のせいかと思ったけれど、穿たれる場所がどんどんと深くなってくる。

その猛々しい変化の意味は明白で、雪人は狼狽えた。

「や……っ。課長、硬く、なって……っ。あっ、あっ、待って。待って……！　いや。そんなに、大きく、しない、で……っ」

「セックスの最中に無理なことばかり言わないでください」

獣の眼差しで笑って、宝坂は律動を一際大きくした。

視界が霞《かす》む衝撃を伴う突きこみのあと、信じがたい奥深くで雄の漲《みなぎ》りは弾けた。

「──ひ、あぁ……、あああ……っ！」

体内へ、熱い迸《ほとばし》りがしとどに流れこんでくる。どっと噴出した精液にぬかるんだ粘膜を叩かれ、舐められる感覚が、たまらなかった。

雪人は撥ね上げた足先をひくひくと痙攣させながら、淫液をぴゅっと散らした。

「椎名さん。タクシー、来ましたよ」

宝坂の穏やかな声に呼ばれ、雪人は横たわっていたソファーから起き上がった。

「今からなら、点呼までに間に合いますよね？」

宝坂のペニスで貫かれてから、愛された証を受けるまで、何だかずいぶんと長かったように思えたが、実際には十分たらずのことだった。

挿入も抜き挿しも強引だったけれど、やはり独身寮の門限は厳しいものだと思っているのだろう。夥《おびただ》しい量の白濁を雪人の中に放ったあと、宝坂はすんなりと身を離した。そして、雪人の身体を清めてスーツを着せ、タクシーを呼んでくれた。

「ええ……」

雪人はうつむいて、小さく頷く。

宝坂と目を合わせなかったのは、無理やりじみた行為に腹を立てているからではない。ただただ猛烈に恥ずかしかったのだ。床に大量の精液を撒き散らしてしまったことと、その後始末を宝坂にさせてしまったこと、そして「こんなにもたくさん出してもらえたんですね」と嬉しがられたことが。

それは、言葉に出さなくても伝わっているのだろう。宝坂の腕が雪人の肩に絡まり、

「本当は椎名さんの中で私のものを泡立てて、椎名さんにもっと喘いでもらいたかったんですけど。できれば、一晩中」と甘い囁きが耳もとで響いた。

「それにしても、椎名さんが下着を濡らして恥じらう姿、最高に綺麗でしたよ」

「……悪趣味ですね、課長」

「でも、本当のことですから」

笑って、宝坂は肩を抱く腕に力を込める。

「明日もまた、見せていただけますか？　私も、今晩の名誉挽回をしたいですし」

「名誉挽回？」

「ええ。やっと椎名さんを手に入れられたことに興奮しすぎて、みっともなく早々に出してしまいましたが、いつもはあんなに早くないんですよ？」

雪人の頬に指を這わせ、宝坂は淡く苦笑する。

「もし名誉挽回のチャンスをいただければ、ほかの男では物足りなくなるくらい、椎名さんを満足させてさしあげます。だから、明日の夜も抱かせてください」

耳もとや首筋に宝坂のやわらかな吐息を感じ、心臓がひくりと跳ねた。静まったはずの熱が、また全身に燃え広がってしまいそうだった。

婚約者のいる男とセックスをするのは、とても不道徳だ。その思いが消えたわけではないけれど、もう知ってしまった悦楽の魅力に抗うことはできなかった。とは言え、抱きたいという直截的《ちょくせつてき》な要求にすぐさま応じるのは、何だかはしたない気がした。

はい、と言いたいのに答えに困ってしまい、雪人は落とした視線をうろうろと泳がせた。

「ねえ、椎名さん。いいでしょう？」

「……でも、私の都合は捜査本部の動き方次第ですから、明日の予定はわかりません」

「何かあっても、私の権限でどうとでもしますよ」

「そういう職権濫用は、どうかと思いますが……」

「仕方ありません。八年ぶんの空白を早く埋めて、あなたのすべてを私のものにしたくて、たまらないんです。それに、こういうときに使ってこその権力でしょう？」

まったく悪びれずに言って、宝坂は笑う。

「椎名さん。明日、また抱かせてくれますよね？」

強く響く声で再度求められ、明日の夜、外泊届けを出して宝坂のマンションに泊まる約束をした。それから、ここへ来る前にレストランで待ち合わせて、食事をすることも。

祇園祭見物もお互いの心の中ではデートのようなものだったが、今度は本当のデートだ。正真正銘の、初めてのデートだ。

宝坂に見送られ、タクシーに乗った雪人の心臓は、喜びに満ちた胸から飛び出してしまいそうなほど激しく躍っていた。

5

八月ももう末だと言うのに、翌日は朝から油照りだった。頭上からも足もとからも、肌を炙る熱が襲ってくる。現在コンビを組んでいる鳥羽署の捜査員はすっかりへたっていたが、雪人《ゆきと》はどれだけ歩き回っても、気怠さなどまるで感じなかった。

昨夜は寮に帰りついたとたん、驚きと嬉しさが改めて一気に襲ってきた。絶対に手に入らないと諦めていた男と想いが通じ合ったこと――初めて好きになった男と初めてのセックスを経験できたことへの興奮がとめどなく膨れ上がり、ほとんど眠れなかった。だから、疲れているはずなのに、身も心もふわふわとした喜びに満ちて軽かった。

宝坂《ほうさか》の婚約者の存在が少し気になりはしたけれど、一晩考えて、雪人は宝坂を信じようと決めた。そして、婚約がちゃんと解消されれば、この身体に受け入れた男は宝坂だけだとすぐに告げるつもりだ。貴文《たかふみ》に嫉妬をしているらしい宝坂は、そのときどんな顔をするだろうか。

そんな想像や、今晩の初デートと二度目のセックスを愉《たの》しみに思う気持ちが地取り捜査中も頭から離れず、油断をすると頬がゆるんだ。何かいいことでもあったのか、と不思議がられながら遅めの昼食をとろうとしていた頃、ちょっとした報告と確認事項ができた。

入りかけていた食堂の前で相棒と別れ、雪人は一旦ひとりで署へ戻った。

捜査本部の陣頭指揮を執っている管理官に報告をし、指示を受けていた途中、本部の置かれている四階の講堂へ宝坂が現れた。

宝坂は朝の会議には欠席していたため、昨夜、抱かれて以来の再会だ。いつもと同じ紳士然とした優雅なスーツ姿を視界の端に入れただけで、胸がひどくざわめいた。

どんな顔をしていいかわからず、照れ臭さを通り越して狼狽した。目を合わせでもしたら、周りにいる何人もの幹部や捜査員たちの前で不審な行動を取りかねない。気づかないふりをして講堂を出、足早に階段へ向かっているると、宝坂が追いかけてきた。

「椎名《しいな》さん、少し時間、ありますか？」

「お話の内容によります。どういうご用件でしょうか？」

意識をし過ぎるあまり、そっけなくなってしまった雪人に、宝坂は「とても大切なことです」と言った。

「……では、少しなら」

伏し目がちに答え、連れて行かれたのは、三階の資料室だった。誰もいないのに、宝坂はわざわざ鍵をかけ、棚の間の薄暗く狭い空間へ雪人を引っ張りこんだ。

「実は、今晩のプランの変更をお願いしたいんです」

「プランの変更？」

聞くと、東京にいる宝坂の姉から電話があり、京都への急な出張が入ったので、今晩、食事につき合うよう誘われたらしい。

「先斗町《ぽんとちょう》に行きたい店があるらしくて。断りたいのですが、色々と弱みを握られていて、どうしても頭が上がらないんです」

苦笑して肩を竦め、宝坂は「そういうわけで、椎名さんには私の部屋で待っていてほしいんです」と続けた。

「課長のマンションで、ですか……？」

「ええ。一緒に食事をするのはちょっと無理ですが、今晩こそは椎名さんのいるベッドで眠りたいので」

初デートの約束をキャンセルされて残念だったが、そんな気持ちは甘い声音にすぐさま溶かされてしまった。

「椎名さん、いいですか？」

まっすぐに見つめられ、心拍数がどんどんと上がってゆく。こんな狭くて薄暗い場所で宝坂と隣り合っていると、ここがどこかも忘れておかしな気分になってしまいそうだ。

「……わかりました。では、またのちほど」

軽く目礼をして逃げだそうとしたが、「待ってください」と腰を抱かれる。

「今のはただの前置きです。まだ、大切な用がすんでいません」

直後、いきなり唇を重ねられ、雪人は目を瞠った。

「昨夜、あなたにキスをし忘れていたので」

「……これが、大切な用なんですか？」

「そうです。とても大事なことでしょう？」

考えてみれば、乳首には何度も口づけられたものの、唇には触れられていない。一応は恋人同士なのだから、確かにキスはとても大切なことだ。

だが、今は勤務中で、ここは職場だ。キスをされて喜んでいいものか迷っていると、宝坂の美しい顔が近づいてきて、頤を掬われた。

「あの、課長、……ん、ぅっ」

戸惑いをこぼした唇の間から熱い舌が入りこんできて、雪人は肩を震わせた。

「ふ……っ、ん、ん……っ」

宝坂の舌遣いはひどく巧みだった。すぐに肌が火照って息が上がり、頭の中が快感に侵食されていった。理性がじわじわと蕩かされ、宝坂のこの理性よりも情熱を優先した行動を嬉しく思う気持ちが芽吹いた。

雪人は抗うことをやめ、宝坂に身を任せた。腰を抱く手に臀部を撫で回されながら深い口づけを施されるうちに、雪人も夢中になって舌を絡ませ合っていた。

窓や鍵のかかった扉の向こうからかすかに聞こえる署員らの声に、背徳感を深く煽られ、背筋にぞくぞくと歓喜のさざ波が広がる。

「んっ、ふ……、ぅ、ん……っ」

口蓋を擽られ、唇を甘噛みされて、唾液を交換する。いつの間にかぴったりと密着し、擦れ合っていた互いの下肢が欲を孕むまで、いくらもかからなかった。

「そう言えば、椎名さんにはご兄弟がいるんですか？」

口づけをほどき、宝坂が耳朶に舌を這わせてくる。

「んっ。あ、兄が、ひとり……」

「京都にいらっしゃるんですか？」

「いいえ、去年から名古屋《なごや》です。仕事の都合で」

「ご結婚は？」

宝坂が股間を強く押しつけてくる。スーツ越しに互いのペニスが当たって弾み、「していますす」と返す声が上擦った。続けて子供の有無を問われ、三人と雪人は答える。

「どんなお兄さんですか？」

「顔が父にそっくりです。性格はもっと穏やかですけど」

「椎名さんの性癖《こと》、ご存じなんですか？」

「ええ。父のように病気呼ばわりはしませんが、私との接し方には困っているふうです」

四つ離れた兄とは幼い頃から距離のある関係で、カミングアウトしてからますます疎遠

になっていた。嫌いというわけではないけれど、今、兄や父親のことを思い出すと、ふわふわとした心地のよさがどこかへ行ってしまいそうな気がした。

だから、兄や父親についての質問が重ねられる前に、雪人は「課長のお姉さんは、どんな方なんですか？」と話を逸らした。

「身内の私が言うのも何ですが、外見は一級品です。でも、食い道楽で大酒飲みで、言動にも頭の中にも女らしさがありません。椎名さんがあの男と別れたら、紹介しますよ」

宝坂の口調はどこか冗談めいていたので、雪人も「では、私も、課長が婚約を解消したら、兄を紹介します」と戯れを返そうとした。だが、言葉が喉をすべり落ちていった。

ふいに「それよりも」と手を取られ、スーツの上からでも硬さと質量が増して凶暴化しているのがはっきりとわかるものを握らされたのだ。

「このままでは外へ出られないので、舐めて、静めてもらえますか？」

すでに散々、淫らな口づけに耽ったあとだ。フェラチオは職場でするには不適切な行為だと拒むのは何だかおかしく、雪人は膝を折ってそこへ顔を寄せた。

宝坂がスラックスの前を開き、下着の奥から赤黒い昂《たかぶ》りを取り出す。

初めて目にしたときは怖いと怯えた太さと長さが、今はとても愛おしく感じられた。

雄々しい線を見事に描く形の美しさと、張り詰めた皮膚のつややかさに感嘆しながら、雪人は逞しい幹に舌を這わせた。

宝坂への口淫は、これまで数え切れないほど頭の中で繰り返してきた。その妄想通りに、根元から裏筋を舌で辿り、脈動する血管を強くなぞる。ぶ厚く張り出した亀頭のふちを吸ってから、尖った先端を咥えこむ。

「椎名さん……」

宝坂の手が上着の下へもぐりこんできて、乳首を捉える。

もうすっかり尖り勃っていた乳首がこりこりと引っかかれ、転がされ、つままれた。

「んっ、ふ……ぅっ」

ふしだらに勃起した乳首をいじられる快感に腰をゆらし、雪人は宝坂のペニスを口腔《こうこう》で扱き、先端の鈴口《すずぐち》をちろちろと舐めた。そうして舌を動かすつど、ペニスが脈動して膨張し、雄の匂いが濃厚になった。初めての口淫でも宝坂を悦ばせられていることに雪人もまた悦びを覚え、より大胆に宝坂を頰張った。

「……祇園祭を観に行った日、椎名さんに、チョコバナナを、渡したでしょう?」

頭上から、艶を帯びた吐息交じりの声が降ってくる。

「あのとき、実はすごく興奮していました。バナナを食べる椎名さんの唇の動きが、とてもいやらしくて」

「……私は、普通に食べていました。いやらしいのは、そんなことを考える課長だと思いますが」

もう咥えていることが辛くなったペニスから口を離し、抗議すると、「違いますよ」と乳首の頂を指の腹でぐいぐいと押しつぶされた。

「――っ、は……、んっ」

「いやらしいのは、絶対に椎名さんのほうです」

きっぱりと断言した宝坂の怒張が、雪人の眼前でさらにぐんと嵩《かさ》を増して反り返る。

「私は今まで、誰かがバナナを食べているところを見て、フェラチオを連想したことなんて一度もなかったのに、そうさせたんですから」

勝手な言い種だと呆れる反面、宝坂にとってそれだけ自分が魅力的だと告げられていることが嬉しくて、興奮を煽られた。

宝坂に捏ねられていた乳首が、その指を押し返す勢いでこごり、腰が雄を誘うようにびくびくと前へ後ろへと揺れた。

「ほらね。やっぱり、男を狂わせるいやらしさじゃないですか」

あでやかなのに獣そのものの笑みをしたたらせ、宝坂は雪人を立たせた。そして、荒々しい手つきで雪人のスラックスの前を広げ、ゆるんだそれを下着ごと引き落とした。

何のためにそうされたのかは、宝坂の股間でそそり立つ赤黒いペニスの様子を見れば、明らかだった。

「……課長。ここ、署内ですよ？」

「ええ。ですから、見つかる前にすませましょう。昨夜よりも制限時間が短いのは、私としては少々不本意ですけど」

眩暈がするほど美しい微笑みを浮かべ、宝坂は雪人の身体を反転させて後ろ向きにした。不意打ちで方向転換を強いられて、雪人はわずかによろけ、反射的に目の前の壁に手をついた。

その拍子に宝坂のほうへ突き出てしまった双丘のはざまに、指がずぶりとはまった。

「――んっ」

肉筒には昨夜の情交のほころびがまだ残っていて、初めから二本だった宝坂の指を難なく根元まで呑みこんだ。

「よく熟れてますね」

宝坂は数回の突き入れと回転運動で内部をほぐして指を抜き、わななくそこへ素早く怒張の切っ先を宛がった。

窄まりの表面にぬるりとした熱を感じて息を詰めた瞬間、雪人は深々と貫かれた。

「――うっ、ん……、んぅっ……」

肉襞を内部へ巻きこまれた衝撃に、思わず腰が逃げを打ったけれど、強引に引き戻された。雪人の唾液と先走りを纏う長大な熱塊に媚肉をごりごりと擦られながらの結合が、なめらかに深まってゆく。

「は……っ、ん、ん、んっ……」

宝坂が腰を進めるつど、背徳感と歓喜が綯い交ぜになって襲ってきて、雪人のペニスはまるで何かの生き物のようにしなり、揺れ回った。

腰の両脇を強く摑まれ、まだ外に残っていた根元の部分をずりんと一気に埋めこまれたときには、陰嚢ごとびくんびくんと痙攣し、先端の秘裂から出してはいけないものを飛ばしそうになった。

「くっ……う、ふ……っ」

慌てて屹立《きつりつ》を押さえこんだ背後から、なぜか唐突にコンドームが現れた。

「万が一に備えて、携帯していてよかったです」

笑みを含んだやわらかな声音で囁き、宝坂は薄いパッケージを裂いて、雪人のペニスにコンドームをするすると被せた。

準備のよさに啞然とするよりも、まず確かめたいことがあり、雪人は粘膜をきゅっと収縮させた。体内の奥深くまでぬっぽりと沈んでいるそれは、明らかに剝き身《むみ》だった。

しかし、宝坂は雪人へのコンドームの装着を終えると、そのまま力強く腰を動かしはじめた。

「……やっ。か、課長も、つけてっ。つけて、くださいっ」

こんなところで、中を濡らされてはたまらない。雪人は狼狽し、宝坂の動きをとめようと肉襞の収斂《しゅうれん》をきつくした。けれども、体内をずりずりと出入りする怒張をよけいに勢いづかせただけだった。

「それは無理です。ひとつしか持ってないので」

言いながら、宝坂は律動を速める。

立っているせいで、昨夜とは違う場所を、張り出した亀頭のえらでえぐられ、雪人は壁についた指先を震わせて身悶えた。

「だ、だったら……っ、ふ、ぁ……っ、課長がっ、つける、べきっ、でしょう……っ。は、はやく、抜いて、取り替えて、くださいっ」

低めた声を尖らせて抗議すると、宝坂は「駄目です」と笑って、隘路の最奥を小刻みな動きで突き上げた。

怒張がしたたらせる淫液が内壁にぬり広げられ、接合部からぐちりぐちりと粘りつく水音がこぼれ落ちてくる。

「椎名さんには、お漏らしの前科《マエ》がありますからね。ひとつしかない場合は、どう考えても、椎名さんがつけるべきでしょう?」

「ふ……っ、うっ。で、でも……っ、ぁ……、出されたら、困り、ます……っ」

「大丈夫です。中に出したりはしませんから」

そう告げるなり、宝坂は腰遣いを荒々しいものにした。

「んっ、ぁ……っ。は……っ、んっ、んっ、ん……っ」

下方から肉筒を激しく突き穿たれ、肉の剣で串刺しにされている気分だった。

ぐぽぐぽと勢いよく突きこまれ、襞をこね回されるたび、甘美な痺れが全身に走り、脳髄が蕩けそうになる。声を上げて、気持ちがいいと叫びたかったけれど、決してそうできないことが快感を幾重にも増幅させ、おかしくなりそうだった。

「は……、ぁ。ふ、んっ、ぅ……」

膝はがくがくと笑い、腿は引き攣り、もう立っているのが辛くなったときだった。

突然、スーツの内ポケットで、バイブレーション設定にしていた携帯電話が着信を報《しら》せて震えた。

「――ひぅっ」

いきなりの刺激が、胸に直接響いてくる。

腰を躍り上がらせて驚いた拍子に肉襞がぎゅっと縮み、宝坂のペニスを引き絞る強さで食い締めてしまう。

「椎名、さん……っ」

宝坂が小さく呻く。その直後、体内で熱い張りがぶるんとのたうったかと思うと、襞が内側から無理やり引き伸ばされ、熟れた媚肉をぬめる奔流にしたたかに叩かれた。

「ぁ……、あっ、は……っ」

みっしりと張りつめていた太い幹の直径が、わずかに小さくなる。それでも、宝坂はまだ硬く、長かったけれど、射精されたのだとはっきりとわかった。

「……だ、出さないって、言ったのにっ」

首を背後へ巡らせて、わななかせた唇を、「すみません」とやわらかく啄まれる。

「今のは不可抗力ということで、許してください」

ぐっしょりと濡れた肉筒の中で、質量を少し減らしたペニスがぬるぬると前後に動く。

「ふ、ぁ……、んっ」

「それより、電話、出なくていいんですか？」

微笑んで問いかけ、宝坂が雪人のポケットからしつこく鳴り続けている携帯電話を取り出す。液晶画面に表示されていたのは、同期の友人の名前だった。

「じっとしていますから、私にかまわずに、どうぞ」

返事をするより先に宝坂が画面のアイコンを軽やかにフリックして、電話がつながる。

『あ、椎名か？　俺、俺。急なんやけど、お前、今晩、空いてへんか？　合コンの面子《メンツ》が、ひとり足りひんねん』

空いてない、と答えた語尾が、跳ねそうになった。

宝坂は確かに動かなかった。だが、この異常な状況に狼狽える粘膜がぞろぞろと蠕動《ぜんどう》し、収斂したせいで、宝坂のペニスが膨れて伸び、奥をずんと擦ったのだ。

こぼしかけた湿った吐息を、雪人はどうにかかみ殺した。代わりに、コンドームを被せられたペニスが勃起の角度を鋭くし、ふらふらとしなった。

「……いま、取り込み中や。悪いけど、ほか当たってくれ」

早口でどうにか言い終え、雪人は電話を切った。安堵の息を漏らしていた途中、宝坂がずりんと引き抜いたペニスを、勢いをつけて再び突きこんできた。

「――ひぅっ」

密着した結合部で肉襞がぐしゅりとつぶれたのを感じながら、雪人もまた薄い膜の中で精を放った。昨夜、何度も絶頂に追い上げられたので吐精の量は少なかったが、極まりに歓喜するペニスはしばらくの間上下に揺れ続け、淫らな踊りをなかなかやめなかった。


宝坂はコンドームだけでなく、ハンカチを二枚と、ウェットティッシュまで持っており、それで雪人の身繕いをしてくれた。

「……初めから、こうするつもりで持ってきたような準備ですね」

「いいえ。単なる身だしなみの範疇《はんちゅう》です」

そう返ってきたやわらかな微笑みは、とても疑わしかった。それに、職場でこっそり愛し合うことも、自宅とは言え、リビングで獣の格好で身体を繋げることも、そして下着の中への射精を強要することも、あまり普通とは言い難い行為だ。もしかしたら、宝坂は性的倒錯者なのだろうか、と雪人はほんの少し不安を感じた。

しかし、「愛しています」と何度も繰り返されてあやされると、どうしようもなく心地がよくなり、追及する気がなくなってしまった。そもそも、変だと感じつつも、結局は昨夜も今も、宝坂とのセックスを愉しんだのだ。たとえ、宝坂が変態であっても、自分にはもう眉をひそめる権利などない。

野外セックスなどの明らかな犯罪に走らない限りは受け止めようと密かに覚悟を決め、仕事が終わり次第、マンションへ行く約束をして、雪人は宝坂と別れた。

午後から捜査がどう動くか心配だったが、大きな進展はなかった一日で、昨日と同じような時間に鳥羽署を出ることができた。宝坂に不正な職権行使をさせずにすみ、雪人は胸を撫で下ろして、暇つぶしがてら四班の部下たちと飲みに行くことにした。

宝坂はマンションの合鍵を作っていないそうなので、とりあえず今晩はフロントのコンシェルジュに部屋の中へ入れてもらう手筈《てはず》になっている。部屋は自由に使っていい、と言われていたけれど、宝坂は帰りが少し遅くなりそうな様子だったし、それまでひとりでじっと待っているのは落ち着かない気がしたのだ。

妻帯者は署の近くの居酒屋で一、二杯ひっかけて早々に帰路についた。しかし、独身の雪人と小鳩《こばと》、そして妻子が旅行中で束の間《つかのま》の自由を謳歌《おうか》しているという徳元《とくもと》は、電車を祇《ぎ》園四条《おんしじょう》で降り、繁華街の木屋町へとそのまま流れた。

徳元が行きつけだという小料理屋に向かいながら、雪人は宝坂のことを考えた。

宝坂が姉と食事をしている先斗町は、木屋町の一筋東の通りだ。マンションで落ち合ってセックスをするだけ、というのはあまりつき合いたての恋人らしくない。せっかく、近くにいるのだし、今晩は外泊届けを出していて、時間を気にする必要もないのだ。

あとで宝坂と待ち合わせて、マンションへ行く前にどこかの店へ入り、恋人同士の夜を満喫したい。

そんな妄想をふわふわと巡らせていたときのことだ。突然、小鳩が「あ、課長や！」と叫んだ。小鳩が指さす方向を見やると、まさに今、思いを馳《は》せていた宝坂が、背の高い女と並んで、楽しげに歩いていた。

「また、えらい美人連れてはるなあ」

徳元が感嘆した声を漏らした。

絹のような光沢を帯びた長い黒髪。淡い青のワンピースからすらりと伸びる細い脚。凛とした清涼感を纏うその女は、夏休みの人込みの中で周囲を圧倒するほどに美しかった。

あの女が、食い道楽で大酒飲みだという姉なのだろう。顔の作りはあまり似ていないが、確かに外見は一級品で、放つ存在感は宝坂を凌《しの》いで強烈だ。

さすがは姉弟だと思って見ていると、小鳩が「あの人、課長の婚約者ですよ」と言った。

その言葉が、雪人の鼓膜をざらりと擦った。

「……姉弟と、違うんか？」

「あー、班長。お姉さんか妹やったら、紹介してもらお、て思たんでしょ？　けど、残念でしたぁ」

ほろ酔い状態の小鳩は、ケタケタと笑った。

「あ、そや！　あのふたりも誘いましょうよ。俺、前に課長と三人で飲みに行きましたけど、あの婚約者の彼女、めっちゃお酒強ぉて、話もおもしろいんですよ」

宝坂のもとへ駆け出しそうな勢いの小鳩を、徳元が「ドアホ！」と制した。

「馬に蹴られて死にたいんか、お前は」

「馬？　どっかに騎馬隊でもおるんですか？」

きょろきょろと周囲を見回す小鳩を「ちゃうわ」と小突き、徳元が説諭をする。

「ええか、小鳩。昔から『人の恋路を邪魔するもんは馬に蹴られて死んじまえ』て言うんや。そやから、久しぶりに会うたカップルの邪魔なんぞ、するもんやない。わかったか、アホ」

「けど、徳元さん。馬に蹴られて死ね、て言われても、今時、馬に蹴られる機会とか、そうそうないですよ？」

小鳩と徳元の馬鹿馬鹿しいやり取りを聞きながら、雪人は足が鉛のように重くなってゆくのを感じた。

宝坂は「姉と会う」と言ったが、小鳩はあの女を「婚約者」だと言った。そして、小鳩には、あの女の正体について、雪人に嘘をつく必要などまったくない。しかし、それは宝坂も同様のはずだ。——昨夜も今日も、あんなにも激しく自分を求めてくれたあの情熱が偽りでないならば。

一体、宝坂と小鳩のどちらの言葉が正しいのだろうか。いくら考えても答えは見えてこず、不安になった。疑いたくなどないのに、動揺は疑心を生んだ。宝坂を疑う気持ちがむくむくと膨れ上がり、悪い想像ばかりが頭の中に湧いた。そのせいで、何を食べても飲んでも、まるで砂を口に入れているような不快な味しかしなかった。

「班長、ハイ、ハイ！　ハイがぁ！」

ふと、隣から飛んできた小鳩の声が耳朶を打つ。

意味不明な単語の羅列だったので、酔っ払いの戯言《ざれごと》かと思ったが、よく見ると指先に挟んでいた煙草の先が灰と化してたわみ、落ちかけている。

知《し》らず識《し》らずのうちに、煙草を持ったまま、ぼんやりしていたようだ。雪人は慌てて、灰皿のふちで煙草を叩く。

「班長、もう眠いんですか？　何や、顔が死んでますよ？」

「……いや、どうせやったら、隣はお前みたいなむさい男やのうて、課長の婚約者みたいな綺麗どころがよかった、て思うてただけや」

「えー。課長の彼女はほんまに綺麗ですけど、俺べつに、むさくないですよ？」

不満そうにずいと身を乗り出してきた小鳩の額を、雪人は「寄るな、むさい」と弾く。

トイレにでも立ったのか、向かいの席に座っていたはずの徳元の姿がなかった。雪人は煙草を咥え、それとないふうを装ってあの女のことを話題にした。

「そう言うたら、お前、課長の婚約者とも仲がええんか？」

「いえ。一回、課長と三人でご飯食べただけです」

「……そやったら、さっきの、見間違いやないんか？　課長と雰囲気が似とったし、姉弟っぽかったぞ？」

願望をこめて問いかけた雪人を小鳩はしげしげと見つめ、「班長、諦めてください」と妙な真顔で首を振る。

「あの人が班長のめっちゃ好みなんはわかりましたけど、残念ながら、あの人は間違いなく、課長のもんですよ」

小鳩は携帯電話をいじり、「これが証拠です」と画面を見せた。一緒に食事をした際に撮ったのだろう。料理皿の並ぶテーブルに、宝坂とあの女が隣り合って座っていた。

「一回見たら忘れられへん美人ですし、それに、拡大したらようわかりますけど、課長と指環がお揃いですよ。しかも、給料三ヵ月分どころやない値段のブランドもんの」

確かに、女の左手の薬指では、宝坂のそれよりも装飾的だが、一対として作られたものであることが一目でわかるデザインの指環が光っていた。

まさしく「証拠の品」を眼前に突きつけられ、雪人はゆっくりと瞬く。

「ね、諦めがつきましたか、班長。そんなお揃いの指環してはるんですから、姉弟なわけはないでしょ?」

まったくだ。姉弟でペアデザインの指環をするなど、明らかにおかしい。小鳩の言う通り、この女は宝坂の姉ではなかったのだ。

疑念が確信へと変わり、尖り立った感情の波に、宝坂と想いが通じ合えたことで生まれた幸福感をがりがりと削られてゆくようで、たまらなかった。

徳元がトイレから戻ってきたのと入れ替わりに雪人は煙草をもみ消して席を立ち、店の外で宝坂に電話をかけた。

電話はすぐに繋がった。はい、と応答する声に続き、淡い苦笑が聞こえてきた。

『何だか、賑やかそうな場所ですね。今、どこですか?』

「徳元さんたちと、外で食事をしています」

雪人は場所を曖昧にごまかし、努めて明るく言った。

「課長は、あとどのくらいで帰ってこられそうですか？」

『たぶん、今の調子だと、十一時前後になると思います』

やわらかな声の背後に、雪人は耳を澄ませた。酔客の気配はせず、とても静かだった。

『椎名さんは、何時頃、私の部屋に来られますか？』

これからする質問への返答次第では、もう行かない可能性が高い。だが、最初からあまり喧嘩腰になるのも嫌だ。雪人は一瞬の間を置き、「もう少ししたら」と答えた。

それから、あの女のことを問い質そうとした。けれども、いざとなると勇気が出ず、躊躇っていると、宝坂が先に口を開いた。

『ところで、何かご用でしたか？』

「……用というほどのことではありませんが、課長の声が聞きたくなったんです。今、何をされているのかと課長のことを考えていたら、つい……」

まずは遠回しにそう探ってみると、「嬉しいです」と返ってくる。

「え？」

『椎名さんにそう言ってもらえることが。私は昨夜、椎名さんに何度も好きだと言いましたけど、椎名さんは一度も言ってくれなかったでしょう？』

「……そう、でしたか？」

『ええ。今、言ってくれてもかまいませんよ？』

「人目がある往来で、そんなことは言えません」

『私はどこででも言えますよ。愛しています、椎名さん』

穏やかに笑い和む甘い声音にそっと囁かれ、色々な気持ちが綯い交ぜになった胸が熱く疼いた。

「……あまり、そういう気配がしませんが、そこ、人目がある場所なんですか？」

実はありません、と宝坂は笑う。

『ここは個室で、姉がちょっと席を外しているので、ひとりなんです。でも、どこででも、椎名さんを愛していると言えるのは、本当ですよ』

「人前では遠慮します。……課長は、お姉さんと仲がいいんですね」

『まあ、悪くはないと思いますが、どうしてですか？』

「私は兄とは、個室でふたりきりの食事なんて、気詰まりでできませんから」

『そうなんですか？　私は、姉とも兄とも、ふたりで食事をするときは、個室を利用するほうが多いですよ。そのほうが、ゆっくりできますしね』

宝坂は落ち着いた口調で「姉」という言葉を重ねる。あの女の正体をもう知っているだけに、宝坂の堂々とした嘘つきぶりに、乾いた笑いが漏れてしまう。

他愛のない話を少し続けて電話を切ったあと、雪人は宝坂の番号を着信拒否にした。

何年も恋い焦がれ、想い続けてきた男だ。信じたい気持ちも未練もある。もしかしたら、別れ話をするために会っているのかもしれない、と希望も芽を出す。

しかし、理性がすぐにそれを打ち消した。――そうであるなら、嘘をつく必要はないはずだ。嘘をつくのは、疚《やま》しいからだ、と。

騙されたことには、もちろん大きな憤りを感じる。けれども、宝坂の嘘に対してよりも、その嘘にいいように踊らされ、簡単に脚を広げてしまった己の愚かさに腹が立った。

宝坂がどういうつもりで自分に愛の言葉を囁いたのかも、昨夜語られた話の真偽も、何だかもうどうでもいい気がした。自分は適当な嘘をつかれ、女の後回しにされるていどの存在でしかない。それが、事実のすべてだ。

そう思い知ったとたん、もうすっかり宝坂の恋人気取りだったことがあまりに滑稽に感じられ、嗤わずにはいられなくなった。


九時を回って、小料理屋を出た。千鳥足《ちどりあし》になっていた徳元は、そこで帰路についた。小鳩も帰りたそうな顔をしている。だが、「つき合え」と命じると、雪人のあとを大人しくちょこちょことついて来た。

貴文と何度か来たことのある祇園のバーに入り、酒を浴びるように飲んだ。しかし、頭は冴《さ》えるばかりで、少しも酔えなかった。

宝坂との爛れた関係の始末のつけ方。まだ破り捨ててはいなかった辞表の使い道。辞職後の生活。考えねばならないことはたくさんあるが、せめて今夜だけは何もかも忘れたい。なのに、そんな些細な願いすらままならないことが辛く、雪人はもう何本目かわからなくなった煙草を揉み消した。

三分の一ほど残っていたグラスの中身を一気に呷り、新しい酒を注文しようとしたとき、小鳩がおずおずとそれを制して言った。

「もうそこらへんでやめといたほうがえぇんと違います？　明日に響きますよ？」

「お前の身体やないんや。放っとけ」

「けど、課長が体調管理はしっかり」

「あんな男の話なんぞ、するな」

過ぎた酒のせいで自制がきかず、思わず声を尖らせた雪人を見て、小鳩が目を瞬かせる。

「班長、もしかして、本気の横恋慕ですか？」

あきません、あきません、と小鳩は強く首を振る。

「あの人は課長にラブラブのぞっこんなんです。班長には百パー、勝ち目ないですから、潔《いさぎよ》うきっぱり諦めてください。ね？」

不気味な慈愛に満ちた眼差しを雪人に向け、小鳩は「ね？　ね？」と繰り返す。

「それにほら、徳元さんも言うてはったやないですか。ええと、人の情事を邪魔するアホは、牛に踏まれてあの世行き、て。班長が、牛に踏まれて悲しい最期《さいご》を遂げたりしたら、総務部長が泣きますよ？　もちろん、俺かて、めっちゃ泣きます」

十年近く抱き続けた不毛な恋心に必死でけりをつけようとしているのに、諦めろ、諦めろとでたらめな都々逸《どどいつ》つきで、明後日の方向を向いた説得を重ねられ、感情が昂った。

このままでは、よけいなことを口走ってしまうかもしれない。

――自分が死んでも、父親は泣いたりしない。むしろ、喜ぶだろうと。今、泣きたいのはこちらのほうで、好きなのは婚約者の女ではなく、宝坂だと。

「……そうか」

低く呟き、雪人は気を静めようとレストルームに入り、顔を洗う。

十一時まであと少しだ。今頃、宝坂はどうしているだろう。もうマンションに戻り、約束を黙って破った自分のことを怒っているだろうか。それとも、大して気にせず、自分の代わりにあの女を連れこんでいるだろうか。あるいは、まだ女と先斗町にいるのだろうか。

雪人は、宝坂の愛人になりたいわけではない。自分だけを愛してくれないのなら、つき合う意味などない。繋がるのは身体だけの、不道徳で都合のいい関係などまっぴらだ。

だから、辞職するまでの間、宝坂とは仕事以外では二度と関わらないと決めた。自分自身で決断したことだ。なのに、宝坂が今、婚約者の女と何をしているのかを想像すると、滾る嫉妬でどうにかなってしまいそうだった。宝坂との、危ういが官能を串刺しにされる凄まじいセックスを知ってしまった身体が、ひどく疼いてたまらない。

これからは夜ごと、あの逞しい腕や雄々しいペニスを恋しがる身体の熱をもてあまし、悶え続けねばならないのかと思うと、眩暈がした。こんな辛さを味わうくらいなら、昨夜もっとしっかり理性を働かせ、宝坂の侵入を拒むべきだった。そもそも、宝坂と再会した時点で、平静を保って仕事ができなくなることは明白だったのだから、その場その場の脆い感情に流されずに、さっさと辞めておくべきだったのだ。

そうすれば、負う傷を最小限に留めることができたのに。

八年前の暴言への謝罪とその理由を受け入れたときに宝坂から離れておけば、新しい恋を探す気になれたかもしれないのに。

苦い後悔と共に、あとからあとから湧いてでる埒《らち》もない想いを巡らせながら、どのくらい洗面台の前でぼんやりしていただろうか。ふと無性に辛くなりじわりと視界がゆがんだ。

こらえきれず、涙をこぼしそうになった背後で、レストルームのドアが開く。小鳩が「班長、大丈夫ですか？」と遠慮がちに尋ねてくる。

雪人は背を向けたまま「大丈夫や」と短く答えた。

「あとは私が引き受けます。小鳩さんは、もう帰ってくださって結構ですよ」

突然聞こえてきた宝坂の声に肩が震えたが、振り向くことができなかった。

「えぇと、ほな、これで失礼します。班長、ご馳走様《ちそうさま》でした」

雪人の絡み酒に、よほど辟易していたのだろう。あからさまに安堵した様子の小鳩は、

「あ、班長。牛、忘れんといてくださいね」とよけいな一言を置いて逃げて行った。

「牛って、焼き肉でも食べに行くんですか？」

そんな問いに答える余裕など、雪人にはなかった。

「……どうして、ここに……」

「椎名さんの携帯が繋がらなかったので、小鳩さんのほうにかけてみたんです」

声にかすかな非難の響きを滲ませて、宝坂は「それにしても」と続ける。

「声が聞きたい、なんて電話のあとに着信拒否で、あげくに私との約束を無視して小鳩さんと飲み歩くなんて、一体、椎名さんはどういうつもりなんですか？　やっぱり、私を揶揄っているんですか？」

「それは、こっちの台詞――」

瞬間的に弾けた激情に突き動かされて振り返り、宝坂の顔を見たとたん、こらえていた涙が頬を伝い落ちた。

戸惑った表情を見せ、けれどもすぐに気遣うように伸びてきた手を、雪人は撥ねのける。

「女に触った手で、私に触らないでください」

「さっき、婚約者と一緒に歩いていたでしょう。木屋町で見ました」

「女？　何のことです？」

「あれは姉です。そう言ったはずですが？」

「白々しい嘘をつかないでください。そんな高価なペアの婚約指環をしているくせに、姉弟なんて、無理がありすぎます。大体、小鳩に婚約者だと紹介したの、知ってますよ？」

「ああ。それで、来てくださらなかったんですか」

宝坂の顔に、苦笑とも安堵とも取れない色が浮かぶ。

「小鳩さんに言ったほうが嘘なんです。独身のキャリアには、あちこちから見合い話が来るでしょう？　相手の女性の背後や、紹介者に私の父以上の権力がなければ、笑ってかわせますが、そうではない場合は笑えない問題に発展するんです。以前、それで酷い目に遭ったので、婚約はそういう事態を避けるための偽装です」

穏やかに言葉を綴る宝坂の眼差しは、真摯だった。うっかり信じたくなるほどに。

「指環だけだと、勘のいい人には嘘だとバレてしまうので、こういう言い方は何ですが、小鳩さんのように少々口の軽い、かっこうの広告塔になってくれそうな人の前で、姉に婚約者の振りをしてもらうんです。ちなみに、家族公認の工作です」

「……どうして、そこまでして、結婚を避けたいんですか？　未婚のキャリアなんて、出世できませんよ」

間髪をいれず、「出世をするために、警察庁に入ったわけではありません」と返ってくる。

「それに、椎名さんへの気持ちに気づいた瞬間から、椎名さんしか愛せなくなってしまいましたから。愛のない結婚は、したくないんです」

その言葉が真実だったならどんなにかいいだろう。

信じたい。けれど、もし嘘だったらと思うと、怖くてたまらない。

「……そんな話、信じられません」

臆病風に吹かれて頑なに首を振る雪人に宝坂は少し苛立《いらだ》ったようなため息を落とすと、いきなり雪人の腕を摑み、強引にふたつある個室の一方へ引っ張りこんだ。そして、指環を便器の中に投げ入れ、何の躊躇いもなく流してしまう。

驚く雪人を、宝坂は眩しいほどの煌めきを宿す目で射貫いた。

「これでも、信じられないか？　なら、今すぐ姉貴に会わせてもいい。結婚もしてないのに同じ名字の免許証でも見れば、納得できるだろう？」

ふいに宝坂の口調が乱雑になる。官僚でも上司でもない、二十八歳のただの男の素顔を晒して詰め寄ってくる宝坂の迫力に気圧され、雪人は思わず後退った。

だが、ここはトイレの個室だ。逃げ場など、どこにもない。

「それでも駄目なら、戸籍謄本でも家族アルバムでも何でも見せるし、東京から親を呼んで、証言させてもかまわない」

射竦められたまま返事ができないでいる雪人の顔を、宝坂が強い力で仰のかせた。

「あんたが手に入るんなら、俺は何を捨てても惜しくはない。そうすることで俺の気持ちを信じてもらえるのなら、この店の客の前でも、路上でも、大声であんたが好きだと叫んだっていい」

「――わ、わかりました。わかりましたから」

今にも実行に移しそうな勢いの宝坂を、雪人は慌てて引きとめる。

そのとたん、骨が軋むほどにきつく抱きしめられた。

「こんなことになるんなら、昨夜さっさと白状しときゃよかったけど、あんたをあの男と別れさせてから、ってむきになっててさ」

雪人の耳朶に唇を擦りつけ、宝坂は熱い吐息を吹きかける。

どこか横柄なのにひどく甘い声音で「椎名さん」でも「あなた」でもなく、出会った頃と同じ呼びかけを繰り返され、胸が高鳴った。

「絶対に後悔はさせないから、信じてくれ。俺が好きなのは、あんただけだ。あんた以上に大事なものなんて、何もない」

身の内側から絞り出すようにして囁かれたその言葉に、雪人は総毛立つ。心臓の速い鼓動が響く胸の奥から歓喜が迸り、わずかに蟠《わだかま》っていた疑念の残滓《ざんし》を押し流す。

「……ほ、んまに？」

眦に溜まった涙をこぼしそうになりながら見上げた次の瞬間、宝坂が突然、後ろ手に個室のドアを閉めた。

「今の、キた」

低く呻いた宝坂の双眸からは、雄の劣情が濃くしたたり落ちている。まさかと思っておそるおそる見やったその股間は、はち切れんばかりに布地が盛り上がっていた。

「話は後回しで、とりあえず一回、抱かせてくれ」

「……ここ、で？」

「ああ。今、ここで」

美しい肉食獣を連想させる獰猛な笑みを浮かべ、宝坂はもはや感心するしかない早業で自身のスラックスの前を開く。

下着を突き破りそうな勢いで、赤黒いペニスがぶるんと姿を現す。凄まじい質量を誇示してそそり立つそれはぶらぶらとしなり揺れたあと、まるで意思を持って雪人に狙いを定めるかのようにぐんと伸びて、膨張した。

「……あの、課長」

太い幹には何本もの血管が浮き上がり、猛々しく脈動している。どっしりとぶ厚く張り出した亀頭の笠は、気のせいか、今までよりも凶悪さが増して見えた。

くなりそうだ。

雪人は頬を引き攣らせ、喉を鳴らす。あんなもので突かれたら、正気を保っていられな

「マンションへ、行きましょう。課長の言うことを、何でも聞きますから」

「ああ。帰ったら、そうしてくれ」

言いながら宝坂が扱き上げた怒張の先端から、じゅっと先走りが溢れ出た。

「……課長。ここは、セックスをするための場所ではありません」

「ああ。だから、通報されないように、派手なアンアンは控えてくれ」

長大な砲身に、先走りがぬり広げられる。ぬらぬらとした光沢を帯びてゆくペニスから放たれる猥りがわしさに、雪人は息が詰まりそうになる。

「……課長。わ、我々は、警察官です。警察官として、守るべき品位というものがあると思いますが」

あの手で触れられたら、この身体にもきっと欲の火がつく。そうなれば、もう抗うすべがなくなってしまう。ほんの半日前に、署内で宝坂のペニスを咥えて喘いだばかりでは、何の説得力もないことは自覚しつつも、改心を求めずにはいられなかった。

しかし、その懇願は宝坂を煽っただけだった。

「そう言われても、俺を狂わすあんたが悪い」

向けられた不敵な笑みに腰を震わせた直後、強引に唇を塞がれた。

「うっ、ふ……っ、ん……っ」

熱い舌が、口腔へぬるりと潜りこんできた。口蓋を舐められ、擽られ、逃げた舌を搦め捕られてきつく吸われる。情熱的で巧みな舌遣いで口内をまさぐられ、恐れた通り、ものの数秒で頭の芯が痺れて、手足の先から力が抜けていった。

「んっ、……ふ、ぅ……っ」

雪人から舌を絡ませたのを合図にしたかのようにスラックスの前を暴かれ、ゆるんだそれを下着ごと膝のあたりまで引きずり落とされる。

下半身に直《じか》に空気を感じた瞬間、根元からしなって角度と硬度を持ったペニスが、先端の秘裂を小刻みに波打たせた。そこはいつの間にか潤みを孕んでいて、ひくつくつど、くちゅくちゅとはしたない音を立てた。

「何だかんだ言って、あんたも、俺を咥える気、満々だな」

眩暈がするほどあでやかな笑みで揶揄《やゆ》し、宝坂は雪人の身体を反転させた。

「あ……」

便器を跨《また》いで壁に手をつき、背後の宝坂に向けて腰を突き出す格好になる。昨夜も昼間も、後ろからだった。宝坂はこの体位がそんなに好きなのだろうかと思っていると、いきなり窄まりの襞を指先で突かれた。

「ひぅっ！」

何の前触れもなくぬっとめりこんできた指に内側の粘膜を擦られ、高い声が出た。

「静かに」

そう窘め、宝坂は浅い位置での戯れめいた抜き挿しを繰り返す。

「ふっ……、くぅ……っ」

入り口の部分の肉襞だけをぐぽぐぽと速い速度で突きえぐられ、湿った吐息がこぼれる。本能的な反射で中途半端な場所へ入りこんでくる異物を押し出そうと内壁を収縮させたが、その抵抗がさらなる攻めを誘ってしまった。

宝坂の指が痙攣する媚肉を擦って、奥への侵入を開始した。

「うっ、ん……っ」

昼間の情交のほころびをまだ残し、熟れたままだった肉筒は、男の長い指を難なく根元まで呑みこんだ。

「すげえな、あんたの中。ほぐす前から、もうとろとろになってるぜ？」

興奮を深めた声で囁き、宝坂は指を激しく出し入れした。

中を穿つ指は、すぐに二本、三本と増えた。雪人の反り返る屹立は宝坂の巧みな愛撫を熱烈に悦び、とろとろと愛液を吐いた。

「ふっ、う、う……っ」

入り口に近い弱みの部分を重点的に擦られながら、肉襞をぐるぐるとかき回され、奥をずんずんと突かれる。宝坂の指が動くたび、甘い電流が背を走り、嬌声が飛び散りそうになる。それを、雪人は必死にこらえた。唇を自分の両手で強く塞いで。

雪人と一緒に煩悶するペニスからは、淫液がしとどにあふれた。それは幹から根元へと伝い落ちて会陰部へ流れ、荒々しい指攻めを受けている蕾をぐっしょりと濡らす。

「んっ、ん……っ、くぅ……っ」

いつ、誰が来るかもわからない場所で淫靡《いんび》な水音を響かせている状況に理性は狼狽したけれど、その惑乱は同時に背徳の悦びともなって雪人の下肢を震わせた。

立っていることがだんだんと辛くなり、膝を折りかけたとき、宝坂の手が後孔を離れた。

「――嫌っ」

突然の喪失感に、声が漏れた。雪人は本能に促されるままに突き上げた腰を振り回し、宝坂の腿にぐいぐいと擦りつけた。

「落ち着けって。すぐに挿《い》れてやるから」

苦笑交じりに宥められ、自分が後孔への刺激を浅ましくねだっていたことに気づき、肌を突き破る勢いで羞恥が火を噴いた。

おろおろと取り乱し、恥ずかしさのあまり咄嗟に蹲ろうとした寸前、わななく後孔を灼熱の楔でずぶりと貫かれた。

「――ひ、ぁ……！」

信じがたい太さの亀頭をねじこまれた肉襞が限界まで引き伸ばされ、一瞬、目が眩んだ。けれどもその直後、ぬかるむ内部をえぐられながら、最奥に重い一撃をごつりと突き入れられた瞬間、脳が溶け爛れるような愉悦が萌芽《ほうが》した。

「く、……ふぅっ」

雪人は背を仰け反らせ、あっけなく果てた。

開ききった蜜口からびゅぶんと飛び散った精液の量は多くはなかったが、全身を駆け巡った快感は強烈だった。

「──っ、すっげ。トコロテンかよ」

肉筒の収斂が激しすぎたのか、宝坂が苦しげな呻きを低く落とした。そして、猛る怒張にむしゃぶりついてうねる媚肉を強引にかき分け、容赦のない律動を開始する。

「──んぅぅっ、んんっ、んっ、んぅ」

苛烈な抜き挿しのたびに、肉襞が引き伸ばされ、めくれ上がり、快楽神経が焦げつきそうになった。硬い怒張でごりごりと粘膜を掘りこまれる凄まじい振動で吐精したばかりのペニスが前へ後ろへとしなり揺れ、タンクにびたんびたんと当たっては跳ね返る。

「ひっ、……う、ぁ」

気持ちがよくてたまらないのに、声が出せないせいで、苦しくて仕方がなかった。声をこらえればこらえるほど歓喜の熱は膨れ上がり、雪人をひどく苛《さいな》んだ。

一秒でも早く、どうにかしてほしかった。

「——もっ、や……っ。課、長……、早くっ、早く、いってっ」

もう、なりふりなどかまっていられなかった。雪人は腰を大きくくねらせ、荒々しい出入りを高速で繰り返す獰猛な雄を強く締めつけた。

「お願い、です……っ。はや、くっ、いって、くださいっ」

雪人は首を巡らせて腰を振り、宝坂のペニスを扱くようにして肉襞を懸命に波打たせた。その刹那、宝坂が縦にも横にも容積を増したかと思うと、射精した。

「ふ、ぁ……っ、ん……、んっ」

粘膜に痛いほどの圧力を感じさせる勢いで体内を濡らされる愉悦は強すぎて、目の前が霞んだ。脳裏で次々に光が爆ぜ、いつの間にか再び頭を擡げていた陰茎から白濁がぴゅるりと垂れた。

「くそ、またもっていかれた。あんたの身体、まったく、どうなってんだよ?」

悔しげに言った宝坂は雪人を抱いたまま少し身体を後ろにずらし、便座の蓋を開けると、やわらかくなったペニスをずりんと引き抜いた。

「んっ、ぁ……」

宝坂の形を保って広がり、なかなか窄まろうとしない襞の奥から、何か熱いものがとろとろと流れてきた。

宝坂に撒かれた精液が、漏れ出てきているのだ。慌てて後孔の筋肉を収縮させ、精液の流れを堰《せ》きとめた雪人の耳もとで、宝坂が囁いた。

「そのまま、出せよ」

ひどく甘い口調の命令を耳に吹きこまれ、雪人は宝坂が便器の蓋を開けた意図に気づく。垂らした精液がちょうどその中へ落ちる位置で、雪人は便器を跨ぐ格好になっていた。

「……嫌です」

「出してくれ。見たい」

背後から耳朶を舐められ、腰が震えた。力がゆるんだ拍子に一筋たらりと精が漏れ、糸を引いて便器の中へ吸いこまれていった。

「ほら、まだ奥にもっとあるだろう。全部出さないと、ここから出られないぞ?」

「……自分で処理しますから、課長はその猥褻物《わいせつぶつ》をしまって、先に出てください」

昨夜も昼間も、雪人の中の精液を始末したのは宝坂だ。そうされること自体は、何だかもう慣れてしまったものの、トイレの中へ精液を垂らし落とす排泄《はいせつ》行為を観察されるのはさすがに恥ずかしかった。

「あんたが出すところを見るまでは、出ない」

「……課長、変態ですか?」

雪人は眉根を寄せて振り向き、愉しげに笑う年下の男を睨んだ。

「あんた限定の、な」

言って、宝坂は「ほら、早く」と雪人の唇を啄んで急かす。

「いつまでもトイレにこもったままだと、怪しまれるぞ？」

確かにその通りだし、これまでのことを考えれば、言い合いを続けたところで、どうせ最後には宝坂の望みを聞いてしまうに違いない。

ならば、こんな淫らで破廉恥なことは手早くすませたほうがいい。

そう覚悟し、雪人はタンクに手をついて少し腰を落とし、後孔の力を抜いた。

「ん……っ」

粘る流れで粘膜を舐めながら、宝坂の精液が漏れ出してくる。

一体、宝坂はどれだけの量を放ったのか、後孔からしたたりは、いつまでもとまらない。

ぽたんぽたんと便器の水溜まりに落ちる重い音が耳にまとわりついて響き、羞恥心を深く煽られた。

指でもペニスでもない、しかしはっきりとその存在を感じるものが肉襞をぬるぬると擦って垂れてくると同時に、たまらない快感が背を駆け上ってくる。

感じたくないのに感じてしまい、こぼす吐息が淫靡に湿った。

「ん、は……、ぁっ」

こんな恥ずかしい行為でふしだらに乱れ、勃起したくはない。そうなる前に一刻も早く終えたい一心で、勢いをつけて腰を振り、肉環をくぱくぱと開閉させて、懸命に宝坂の残滓を押し出そうとしていたとき、ふいに背後で剣呑《けんのん》な気配がした。

何だろうと思う間もなかった。開いた肉環のふちから白濁の雫《しずく》を垂らす後孔を、熱い猛りでいきなり串刺しにされた。

「――あ、……ん、ぅっ」

不意打ちの挿入の刺激は、凄まじかった。微塵《みじん》の容赦もない凶悪さで秘所を突き掘られた衝撃で、入り口まで落ちていた精液が奥へと逆流してくる。

放ちかけた声は、どうにかこらえたものの、代わりにくねり勃って芯を通したペニスから、もうほとんど色のなくなった精液がぴゅうっと細く噴き上がった。

甘美な痺れが全身へ弾け散り、雪人は腰を躍らせてのたうつ。

「悪い、また勃った」

上擦った声で詫びた宝坂が雪人の双丘を鷲摑《わしづか》みにし、ぬかるむ隘路をえぐりこねはじめる。速くて荒々しい、とても獰猛な腰遣いだった。まだ奥に大量に残っていた精液が攪拌《かくはん》されて泡立ち、結合部からはじゅっぽんじゅっぽんと卑猥この上ない水音が立った。

「ふっ、ぁ……っ、ん、ん、んっ」

みっしりと張りつめた硬いペニスに、何度も何度もぐいぐいと激しく突きこまれる。一突きごとに大きくなる圧力と摩擦熱で、体内の肉がすりつぶされているかのような錯覚に襲われ、雪人は狂おしく悶えた。

膨れ上がったペニスからは、淫液なのか精液なのかよくわからないものがぴゅるぴゅると漏れ続ける。

「あんた、本当に男を狂わす名器だな。あの男、一体いくらかけてあんたをこんな身体に仕込んだんだよ?」

何かとんでもないことを言われている気がしたが、頭の中では悦楽の嵐が吹き荒れていて、その意味がよく理解できなかった。


『あぁ～? あの東京もんに言うたこと?』

まだ空も薄暗い夜明け前に、しつこく鳴り続ける電話で無理やり起こされた貴文は、濃い不機嫌さを滲ませて唸る。

『お前は虐められて悦ぶドMで、最近変態っぷりがエスカレートして困っとるとか、俺が金と時間をつぎこんで、エロエロ淫乱の絶品名器にしこんださかい、啼《な》かせる自信があったらいっぺん試してみたらどうや、とか何とか言うたような気ぃがするような、せんような』

　貴文はあくび交じりに言う。

『霞ヶ関《かすみがせき》には変態が多いさかいな。どうせあいつもそうやろ思うて、お前への興味煽ったったんや。俺の機転に感謝せえよ』

「——するか、あほ！　どうせつくんやったら、もうちょっとマシな嘘つけや。おかげで、どんな目に遭わされた思うてんねん」

　宝坂のマンションの無駄に広いトイレの中で、雪人は潜めていた声を思わず高くする。どうやって連れて来られたのか記憶のないこの部屋で、雪人は一晩中、宝坂に激しく抱かれた。だが、愛し合った場所はベッドではない。玄関先の廊下やリビングのテーブルの上や浴室だ。それも、恥ずかしいことばかりを強いられて延々と啼かされた。

　望む行為やものを卑猥な言葉で正確に伝えるよう命じられ、仰臥《ぎょうが》する宝坂の顔を跨ぎ、その唇に愛してほしい場所を擦りつけねばならなかった。勝手に極まりを迎えることは許されず、射精の前には報告が必要だった。

　守れないと、様々な仕置きが待っていた。テーブルの上に乗って脚を開き、慎みを忘れた蕾をじっくりと観察されたり、ペニスの根元をネクタイで縛られたまま、陰嚢をしゃぶられたり。抽挿の最中にいいところで動いてくれなくなったり、抜かれてしまったり。

　そんな普通とは言い難い言動の理由が判明したのは、バスタブの中で身体を繋げ、朦朧《もうろう》となりながら噛み合わない会話を交わしていたさなかだ。

宝坂は、貴文から聞いた「雪人は、いたぶられないと興奮しないマゾ体質だ」という法《ほ》螺話《らばなし》を真に受け、貴文以上の満足を与えようと張り合っていたらしい。

愛しい男が本当は倒錯者ではなかったとわかり、安堵したものの、そのときの雪人には誤解を正すだけの気力も体力も残っていなかった。できたのは、意識を手放すことだけだった。そして、短い眠りから目覚めた雪人の胸に真っ先に湧き起こったのは、宝坂と身も心も結ばれた幸福感ではなく、貴文への怒りだった。

「……死ね、阿呆《あほう》」

精一杯の悪態に、笑い声がくつくつと返ってくる。

『八年越しの執念実らせた初夜明けやろが。キィキィ言うとらんと、色気のひとつでも醸しとけや。ああ、そや。初合体祝いに、SM道具一式揃えたろか?』

初夜は昨夜ではなかったが、そんなことは問題ではない。雪人は、眉間の皺を深くする。

「ふざけるなよ、貴文。何、考えて――」

「誰と話してるんだ?」

携帯電話を片手に、パジャマの上着だけを羽織ってこもっていたトイレのドアが突然開き、バスローブ姿の宝坂が冷ややかに雪人を見下ろした。

「……従兄です」

放たれる怒気に怯みながら答えると、宝坂が鼻を鳴らした。

「見え透いた嘘つくなよ。貴文って、あの男だろ？　何だよ、こんな所でこそこそと。別れ話の最中か？」

「いえ、あの、そうじゃなくて……」

どこから話すべきか迷っていると、携帯電話を取り上げられた。

「椎名さんはもらったから。貴様は女とでも乳繰り合ってろ。もう二度とかけて来るな、下種《げす》が」

吐き捨て電話を切ると、宝坂は雪人の腕を引いてベッドへ連れて行き、押し倒した。

「あいつ、何者だよ？　やたらと羽振りがよさそうだけど、まさか筋者じゃないだろうな」

「違います。華道の次期家元です」

「あの目つきの悪さでか？」

納得しがたい表情を見せて言い、宝坂は雪人のパジャマを剝ぎ取る。結局、トイレで貴文と電話をする間にはおっただけだったが、それは宝坂が雪人のために用意してくれていたものだ。

「椎名さん、あんたさ。俺が姉貴と歩いてるの見て、泣いて怒ったくせに、自分は何だよ。あいつと切れる気、あるのか？」

数時間前の情交の余韻を残して赤く尖る胸の突起を、宝坂は強くつねる。

痛みと快感があいなかばする刺激で、雪人のペニスは勢いよく跳ね上がった。

「――やっ、ぁんっ」

「なあ。あんた、一体、あいつにどんな調教されてたんだ？　ちょっと乳首いじっただけで勃つようなエロい身体なんて、初めて見たぜ」

「ち、違っ……」

感じすぎるのは、宝坂に触れられているからだ。好きなのは宝坂ひとりだけで、ほかの男に抱かれたことなどない。

そう言おうとして、ふと宝坂の言葉に引っ掛かりを覚えた。

「初めて見た、って、それ、どういう……。課長、男を抱いたこと、あるんですか？」

「ああ、あるぜ」

あっさりと認められ、雪人は驚く。灯《とも》りかけていた熱がかき消え、胸に戯れをしかけてくる宝坂の手を押しやって上半身を起こす。

「でも、課長、ホモフォーブでしょう？」

「チョビ髭《ひげ》生やしたマッチョなおっさんに手足縛られて、乗っかられてみろよ。それも、オットセイみたいな野太い声で派手に吼《ほ》えられまくって、汗まみれ、涎《よだれ》まみれの顔が、最後には白目剝くんだから、ちょっとしたホラーだぞ。あんな体験したら、誰だってゲイ嫌いになって当然だろ」

「……と言うことは、オーナーに強姦されたって、その、課長が下になったわけじゃないんですか？」

「下だろうと上だろうと、合意のないセックスは強姦だ」

「はあ。まあ、そうですね……」

確かに衝撃的ではあろうし、宝坂が性犯罪の被害者だという事実に変わりはないが、それでも心の底から同情して痛ましく思ったことを、雪人は少しばかり後悔する。

「でも、じゃあ、どうして……」

「あんたの代わりに決まってるだろ」

言いながら、宝坂は雪人の頬を指の背で撫でる。

「せめて、キャリアだって知ってりゃ、見つけられたかもしれないが、手掛かりが『公務員』だけじゃ、どうしようもなくてさ。けど、それでも最大限の努力はしたんだぜ？　二丁目に毎日行って聞き込みまがいのこともしたし、あの夜、あんたと会った駅の周りを朝晩うろついて職質かけられたりして。なのに、あんたは全然見つからなかった」

「あの夜は、たまたま酔いつぶれた同僚を自宅へ送り届けた帰りで、二丁目には課長のいた店にしか行ったことがありませんでしたから」

「道理で見つからなかったわけだ」

宝坂は細く息を落とし、苦笑する。

「どれだけ捜しても、あんたはどこにもいなくてさ。毎晩あんたの夢ばかり見て、おかしくなりそうだったから、少しでもあんたと似たところのある奴がいたら、片っ端から抱いて、気をまぎらわせてた」

「……じゃあ、課長は今、ホモフォーブだけど、ゲイなんですか？」

宝坂の首がわずかに傾ぐ。

しばらくの沈黙のあと、「強いて言うなら、バイだな」と返ってくる。

「男は抱けても、あんた以外の男を好きになったことはないし、あんたに似てなけりゃ、抱くのは女のほうがいいからな」

それから、もう今はゲイへの嫌悪感は特に持ってない、とつけ加え、宝坂は再び雪人の胸に手を這わせる。

「で、あんたは？　このエロい身体に、今まで何人咥えこんだんだよ？」

「課長、聞いて……ください」

何、と短く返事をして、宝坂は小さな果実のように育って膨らんだ乳首の片方を口に含み、尖らせた舌先でくにくにと転がした。

その甘美な愛撫に雪人のペニスは悦び震え、たらたらと蜜を吐く。

「た、貴文は本当に従兄で、私がゲイなのを知っていて……だ、だから、相談相手ですけど、それだけなんです。貴文が課長に言ったことは、ただの悪ふざけっ、ぁ、んっ」

乳輪ごと甘噛みされて、腰が跳ね上がる。

「私が好きになった同性は、課長が初めてで、……か、課長だけでっ、だから……今まで誰ともこんなこと、して、ませんっ」

掠れた声でそう叫ぶと、宝坂は胸をいじるのをやめ、雪人をしげしげと見つめた。そして、両方の尖りに親指の爪を強くめりこませた。

「ひぁっ、ぁん！」

瞼の裏で光が激しく点滅して極まり、雪人は精液をびゅるりと飛び散らせた。

とろみのある白濁が、己の腹と宝坂の顎を汚す。

「こうやって乳首だけでイクくせに、二日前まで処女？」

顎を濡らす雪人の精液を手の甲で拭い、宝坂は目を眇める。

「その顔にこんなエロい身体して、しかもプロ並みにフェラの上手い三十一歳が処女でしたって、そんな話信じる馬鹿がどこの世界にいるんだよ？」

「――でも、課、長……本当、に……っ」

息が乱れ、上手く言葉が紡げない雪人の下唇を、宝坂が甘噛みして啄んだ。

「無理な嘘つかなくても、あの男とちゃんと切れるなら、それでいい」

宝坂は肩で息をして喘ぐ雪人の太腿《ふともも》に頭を預けて横になり、口を噤《つぐ》んでしまう。

形のいい眉がきつく寄っている。言葉では雪人の過去の性体験を気にしないと言いつつも、不機嫌さが丸出しだ。

あらわにされる嫉妬に戸惑う反面、何だかくすぐったい気持ちが湧く。

呼吸を整えながら、貴文との関係を説明する言葉を考えていると、宝坂が雪人の膝頭を撫でて低く呟いた。

「本当に気持ちいいな、これ」

「え？」

「膝枕。もう二度と、ほかの男にするなよ」

料亭で酔っ払った小鳩に抱きつかれたことへの注意らしい。あれは不可抗力だったが、雪人はただ「はい。課長だけです」と応じる。

「当然だ」

むすりと、けれども満足げに頷いた宝坂がおかしく、雪人は淡く笑む。

「課長。華道の佐保竹《さほたけ》流、ご存じですか？」

唐突な問いを訝《いぶか》る声音が「ああ」と返ってくる。

「しょっちゅうテレビに出てる、なよっとした博覧強記のおっさんが家元の流派だろ？」

「ええ。その人が貴文の父親で、私にとっては母方の伯父にあたります」

雪人は膝の上のつややかな髪を指先で梳く。

指の間をさらさらと流れる絹糸のような感触が心地いい。

「貴文とは仲はいいですけど、兄弟同然に育ちましたから、お互いに恋愛感情なんて、絶対持ちようがありません。それに、貴文は、課長がこの前ホテルで見た女性と来月結婚するんです。佐保竹のホームページに、ふたりの写真つきで載ってますよ」

「……本当に、あいつとは何もないのか？」

雪人の膝の上で、宝坂が頭の向きを変えて仰向《あおむ》きになる。

まだいくぶん疑わしげな宝坂に、雪人は「ありません」と首を振る。

「俺が初めてっていうのも？」

「本当です」

「じゃあ、あのフェラの上手さは何だよ？」

「……あれは、長年のイメージトレーニングの成果です」

恥ずかしさをこらえ、正直に答えると、宝坂が一瞬の間を置き、表情をほころばせた。

何やら卑猥な質問をされそうな気配を感じ、雪人は「とにかく」と早口に続ける。

「本当に、私は課長が初めてです。でも、ＳＭ紛《まが》いの行為が好きだというのは貴文の大嘘ですから、もうああいうことはしないでください」

求めたとたん、「嫌だね」と断られた。

「あんたのいやらしい啼き顔、最高に興奮したからな。次は道具も使って、もっと本格的に愉しみたい」

宝坂は、ハードセックスがかなり気に入った様子だ。貴文と張り合い、無理にそのふりをしていたのかと思っていたが、どうやら元々、素質があったらしい。

「……課長。世間では、そういう危ない性癖を持った人は、変態と呼ばれて、後ろ指をさされるんですよ」

「俺が変態なら、あんたはド変態の淫乱だぜ？　二日前まで処女だったくせにトイレの中でトコロテンで昇天するし、テーブルの上で股を大開きにして、言葉責めだけでイきまくったじゃないか」

「——あ、あれは課長が無理やりっ」

「本気で嫌なら、萎えるはずだろ。ペニスはデリケートなものなんだからさ。俺なんか監禁されてたときは全然勃たなくて、薬使われて勃起させられたんだぜ？　なのに、あんたはずっと勃ちっ放しのイきっ放しだった」

宝坂は薄く笑い、身を起こす。

「酷くされるのが、気持ちよかったんだろ？」

「そんなわけないでしょうっ。し、死ぬかと思ったんですからっ」

「だからさ、それが悦《よ》かった証拠なんだよ」

男同士は初めてだったし、そもそもセックスという行為自体がほとんど十年ぶりだった。

経験豊富らしい宝坂に断言されると、そうなのかもしれないという気がしてきたが、素直にそれを口に出すことはできなかった。

「違いますっ」

「じゃあ、今晩、確かめようぜ」

告げると同時に、宝坂は雪人の乳首を指先でぴんと弾き上げた。

「――っ、駄目です。私は課長と違って、現場に出て動かなきゃならないんですよ？　昼は捜査、夜は変態課長の相手では、身が持ちません。今の本部が片づくまで、課長とはもうしません」

「おい。じゃあ、それまで俺にひとりで虚しくマスかいてろって言うのか？」

「そうしてください」

宝坂は美しい顔を盛大にしかめたが、すぐに何かを思いついたような笑みを浮かべた。

「だったら、俺がひとりでも気持ちよくヌけるネタを提供しろよ」

宝坂はベッドを降り、ハンガーに吊されていたスーツから携帯電話を取り出す。

裸の写真を撮るつもりなのだろうか、と雪人は困惑する。しかし、突きつけられた要求は想像を遥かに超えていた。

「処女のくせにあんなにすんなり俺を咥えこんだってことは、自分で相当いじりたおしてたんだろ？　後ろでオナってるとこ、見せてくれ」

後孔を使って自慰をしたことなど、一度もない。だが、そんな訴えをしてみたところで到底信じてもらえない気がしたし、これぱかりは証明のしようがない。

それに、後孔どころか蜜をこぼす茎の秘裂までをもこじ開けられて存分に検分されつくしたあとだ。今さら恥ずかしがるのも馬鹿らしい。

早く、と促されるまま、雪人は脚を開く。

赤く腫れた蕾を撫でるようにして押すと、指先が吸いこまれるように中に埋もれた。

「——っん、ふぅ」

蕾の浅い部分を右手の中指で小刻みにかき回し、宝坂に教えられた官能の泉を探る。抜き挿しのたび、宝坂の残滓でぬめる内部から粘る水音が立った。携帯電話のカメラレンズを通して絡みついてくる視線に煽られた劣情が、肌を火照らせる。

「あっ、はっ、……ぁん、あんっ」

見つけたそこを押しつぶして擦るうちに、羞恥はどこかにかき消え、雪人はより大きな快楽を求め、指の動きを速めた。

けれども、細い指一本では刺激が物足りない。思わず硬く勃ち上がっているペニスに伸ばしかけた手を、宝坂に払われる。

「前は触るな。物ほしげに揺れてるのがエロいんだから。後ろだけでイけ」

「やっ。む、無理……。でき、ません……」

「昨夜、何度もやっただろ？　指増やして、奥までかき回してみろよ」

横暴なのに甘やかな声に誘導されるがまま、雪人は三本に増やした指で奥を激しく穿った。摩擦が生む熱と、ぐしゅぐしゅと高く響く卑猥な水音に、腰がはしたなく前へ後ろへと揺れ動く。

「はぁっ、あ、ぁあっ、っん」

「後ろの孔、気持ちいいか？　中から漏れてきた俺のと、あんたがだらだら垂らしてる涎が混ざって、ぐちょぐちょに泡立ってるぞ」

「っん、いい……。気持ち、いいっ」

頭上から降ってくる言葉に耳を嬲られ、腰の奥で愉悦の漣《さざなみ》がざわめき起こる。

「あっ、課長っ、課長っ。あっ、あっ」

高く喘いで求めながらも、雪人は宝坂が目の前にいることも忘れてしまっていた。瞼の裏でちらつきはじめた極みを捉えようと、ただひたすらに己の指を大胆に律動させた。

「も、出る……っ。課長、いきそうっ。あ、あ……、いくっ、いくっ、いきます！」

「イけよ、雪人」

「――あぁあっ！」

名前を呼んで命じられ、頭の中で快感が弾け飛ぶ。雪人は震える指でペニスを握って鈴口をカメラへ向け、ぴゅっと精液を飛ばした。そうしたほうが宝坂が悦ぶだろうと思ったからだ。

「は、あ……。ん……ぅ」

シーツを汚した精液を放心状態で見やり、雪人は荒い呼吸を繰り返す。

白濁した泡をこぽこぽと漏らしてひくつく蕾を隠したいのに、痙攣する内腿に力がまるで入らず脚が閉じられない。

「あんたにかけたところを撮ろうと思ってたけど、やっぱりやめた」

言葉の意味がわからず、緩慢な仕種で仰のくと、宝坂が雪人の脚の間に膝立ちで入りこんできた。そして、携帯電話をベッドの上に放り投げ、バスローブの前を開いた。

先走りを垂らして脈打つ屹立の凄まじい嵩に戦慄を覚える間すらなく、引き寄せられた腰にそれをずぶんと一気に突き挿れられる。

「——ひぁっ、あ、ぁ……っ」

達したばかりの敏感な後孔を圧倒的な質量を誇る怒張で貫かれ、喉を仰け反らせた直後、奥に生暖かいものがびゅるりと流れこんできた。

「え……？　やっ、な、何？」

猛る雄を挿入させると同時に、宝坂は雪人の中で射精したのだ。

それに気づいた瞬間は獣のような即物さに驚いた。だが、尋常ではない量の精液を浴びせかけられるうちに、自分の姿でこれほどまでに激しく欲情する男がたまらなく愛おしく

思えてきた。

もっとひとつに溶け合いたくて、雪人は宝坂の背にきつく腕を絡ませる。

「……ぁ、ぁん。……ん、ぁ」

最後の一滴までをも襞に舐めとらせるつもりなのか、宝坂は密着させた腰を浅く揺らし、雪人の中を小刻みに突き続ける。そのたびに、ぐちぐちと粘る水音が響いた。

まるで甘い毒を注ぎこまれ、下肢を溶かされているような感覚がひどく心地よく、うっとりと目を閉じかけたとき、ふいに動きがやんだ。

「考えてみたら、一昨日から何度もしてるのに、ベッドの上で普通にやったの、これが初めてだな」

「……こういうのは、普通とは言わないと思いますが。課長が勝手に私の中へ挿れて、勝手に出しただけじゃないですか」

「そうされて、感じてるんだろ？　すっげえトロンとした目になってるぜ、あんた」

「そんな目、してま――あっ、んっ……。はぁ……っ」

ずりずりと速い突きを送りこまれ、空を蹴って身悶えた雪人に、宝坂は「ほら、そのエロい目だよ」と笑う。

「なあ。あんたが今までオナニーのネタにしてたの、俺だけか？」

「ほかに、何でしろって言うんですか」

「俺は、いつも『クライ・フォー・ザ・ムーン』を聴いてた。あの曲聴いていると、あんたが目の前にいるみたいな気分になれたからな。昨日、大森《おおもり》の家でかかったときには、隣のあんたをちょっとでも意識したら、下半身に直結しそうで、マジで冷や汗かいた」

「……そんなふうには見えませんでしたが」

「ポーカーフェイスは宝坂家《うち》のＤＮＡに刻みこまれたお家芸だからな。あんたこそ、白けた顔して平然と飯食ってたから、俺たちの愛の歌を忘れたのかと思って落ちこんだんだぜ？」

「私だって同じです。課長があの曲に無反応だったのにも傷つきましたが、課長の手を握っていた赤ちゃんが羨ましくて見境なく嫉妬したり、大森さんの家に連れていかれたのは、ゲイの私には子供なんか産めないだろうって見せつけられているのかと思って……」

「親父さんに嫌がらせするために警官になったって聞いたときも思ったけどさ、あんたってかなりマイナス思考だよな」

　雪人の頰をそっと撫で上げ、宝坂は苦笑する。

「あのときの俺の頭の中には、あんたを落とすことしかなかったんだぜ？　運悪くいなかったけど、大森の旦那、すげえ飲ませ上手なんだよ。だから、まずはあいつの家でしこたま酔わせて、判断力と警戒心が鈍ったところでここへ連れこむ算段だったんだ」

「……何だか、犯罪臭くないですか、それ」

「人聞きの悪いこと、言うな」

硬度を失ってもなお質量のある雄で、爛れきった肉襞を強く擦られ、背がうねった。

「――あっ、ん」

「ちゃんと口説いて、手順を踏んだだろ。ま、ゴネられたら多少無理やりにでも、と思ってなかったわけじゃないが、一回ヤれば絶対落とす自信はあったから、問題は何もない」

「……一体、何人と寝たら、そこまでご大層な自信がつくものなんですか？」

「あのさ、椎名さん。物事はポジティブに考えろよ。あんたも俺も初めてじゃ、あんなにアンアンよがれなかったんだぜ？」

「ごまかす気ですか」

非難がましく眇めた目を向けると、右手をきつく握られた。

「機嫌直せよ。これからはあんた以外は絶対抱かないし、手でも何でも、いつでも好きなだけ握ってやるからさ」

あやす声音で囁き、宝坂は雪人の手に口づける。

「子供も、あんたが欲しいなら毎晩種つけに励む。まあ、さすがに、ちゃんと受精させられるかは自信がないけどな」

「……馬鹿」

雪人は眦を潤ませ、もう片方の手にも指を絡めた。ぎゅっと強く握り返されて、胸を満たす幸せがあふれそうになる。

　ただ手を握り合うだけで、こんなにも深い喜びを感じられることが不思議に思えた。

「本当に馬鹿みたいだよな、俺たち。結局、最初から相思相愛だったのに、八年——いや、九年も回り道してさ。おまけにせっかく再会できたっていうのに、お互い従兄と姉貴を恋人に仕立てて、また二ヵ月も無駄に苦しんで」

　こつんと額を合わせ、微苦笑した宝坂の顔が、ふいに真摯なものになる。

「椎名さん。俺は警察庁で出世をするつもりはない。だけど、定年までは辞めないと決めてる」

「……はあ」

　話の向かう先が見えず、雪人は首を傾げて瞬く。

「俺は人を刺して、それを父親の持っていた国家権力を使って隠蔽した。正当防衛だろうと、不慮の事故だろうと、不正は不正だ。その罪滅ぼしに、定年まで国と国民に奉仕を続けるのが、俺の義務だと思ってる。だから、任地がどこになっても、ついてきてくれ」

　聞こえてきた言葉の意味に戸惑っていると、「辞表は早めに出せよ」と命令口調が続く。

「あの、でも……、今まであんなに辞めるなって……」

「手折れない華なら、せめて一日でも長く傍《そば》で鑑賞していたいってのが人情ってもんだろ」

だけど、もう事情が違うからな、と宝坂は肩を竦める。

「いつ呼び出されるか分からない刑事の嫁とじゃ、おちおちセックスも愉しめない。そんな新婚生活は嫌だし、それに、俺は嫁には家にいてほしい」

プロポーズをされているのだとわかり、どうしようもなく嬉しくなる。

雪人は宝坂の胸に顔を埋《うず》め、こらえきれなくなってこぼれた涙をバスローブに滲ませた。

「……今時、時代錯誤の亭主関白ですか？」

「ああ。だけど、あんたを必ず、誰よりも幸せにする甲斐性《かいしょう》つきだ。だから、早く『はい』って言えよ」

拒否を許さない強引な求愛には、少し呆れてしまう。だが、幸せにすると誓ってくれた声は力強く、頼もしかった。宝坂と共に歩む道の明るさと温かさを、はっきりと確信できるほどに。

はい、と笑んで頷くと、唇を重ねられた。尊大な言葉とは裏腹に、ひどく優しくて甘いキスだった。

＊＊＊

宝坂《ほうさか》のあとに続いて出た玄関の外には、ひんやりとした空気が満ちていた。かすかに冬の匂いが漂うそれを小さく吸いこみ、雪人《ゆきと》は立ち止まる。

「どうしたんだ、雪人？　忘れ物か？」

濃紺の三つ揃いの上にコートを纏う宝坂が、やわらかく笑んで問いかけてくる。

「夫婦」になって三ヵ月が経った今でも、網膜に沁みこんでくるような優美な笑みを間近で向けられると心臓が跳ねてしまう。

「いえ、ちょっと緊張して……」

意味もなく胸もとの羽織紐《はおりひも》をいじりながら、雪人は目もとが赤くなった顔を少し伏せる。下がった視界に、左手の指環が映った。それは、今、雪人が着ている白鷹御召の着物が仕立て上がった日に、宝坂が贈ってくれた結婚指環だ。雪人は職場では指環はしないが、宝坂は常に揃いのものをつけている。もちろん、今日も。

夫婦である証の揃いの指環をし、宝坂からの贈り物である着物を着て、休日である今日、一緒に出かける目的がデートであれば、もっとうきうきできただろうに。

雪人は、内心でそっと苦笑する。

「俺の実家ならともかく、自分の実家に行くのに、そう緊張することはないだろ？」

雪人の頬を撫で、おかしそうに宝坂は言った。

「それに、一発でアポが取れたってことは、椎名《しいな》部長もあんたと話がしたいって思ってるってことなんだからさ」

夏の終わりにプロポーズを受けたあと、立て続けに大きな事件が起きたり、すっかり懐かれた小鳩への教育熱が出てしまったりで、結局、宝坂が京都から転任するまでは警察勤めを続けることにした。だから、宝坂とはまだ同居はしていない。代わりに、自由に会えるよう、独身寮を出て、壱谷《いちたに》家に移った。

宝坂は少し不満そうだったものの、雪人の意思を尊重してくれた。

あんた以上に大事なものなんて、何もない。そう宣言してくれた宝坂と、雪人も気持ちは同じだ。自分の人生において、宝坂より価値のあるものはない。宝坂が警察官僚であり続けようとする理由に感銘を受けたので、任地へついて行くことには何ら異存はない。亭主関白宣言についても、宝坂の愛の鎖に縛られるのなら、べつにかまわないと思っていた。

しかし、実際には、宝坂が支配的になるのはセックスに関してだけだった。それも、貴文に唆《そその》かされて目覚めた少々頽廃《たいはい》的なハードセックスをとても好みはするけれど、基本的に雪人を感じさせ、乱れた姿を見て悦ぶだけだ。

ほかの日常のことでは、宝坂は雪人にとことん甘い。マンションで過ごすときには、いつも宝坂が料理を作ってくれるし、毎日必ず甘い笑顔で愛の言葉を何度も囁いてくれる。そんな亭主関白と言うよりは、ちょっとした変態貴公子の宝坂に名字ではなく、名前を呼ばれることにも慣れてきた先日、宝坂が雪人の実家に挨拶に行くと言い出した。

『男同士だろうと、結婚の報告は、ちゃんとしておくべきだからな』

ノンキャリアとは言え、父親は宝坂より階級も地位も高い。わざわざ結婚報告などすれば、宝坂の今後の京都府警での職場環境が悪くなるのは、目に見えている。そもそも、報告に行ったところで、門前払いをされるのがおちだ。

雪人はそう反対したが、宝坂の意見は違った。

『ずっと言おうと思ってたんだけどさ。俺は、椎名部長は本心じゃ、あんたと和解したがってる気がしてる』

『まさか。課長だって、聞いたでしょう？　本部庁舎のエレベーターで、私が父と鉢合わせをしたとき、何と言われたか……』

『突然、あんたがエレベーターの中から出てきたから、気が動顚《どうてん》しただけじゃないのか？』

やけに楽観的な宝坂によると、父親は人事異動が発表になるたびに、雪人の所属先を確認していたようだ。宝坂はそれを、父親の部下から聞いたらしい。

『あんたと完全に縁を切ったつもりなら、そんなことはしないだろ？』

宝坂の明るい笑顔に促され、半信半疑のまま実家に「会ってほしい人がいる」と連絡をすると、母親を介して「今週の土曜に来るように」と返事があった。八年前に実家を飛び出して以来、もう親とも子とも思われていないつもりだっただけに、あまりにあっさりと承諾が返ってきて驚いた。

あの日の父親の反応の理由は宝坂の推測通りで、両親はこの八年の間に考えを変えてくれたのかもしれない。そんな期待と、もしかしたら何か裏があるのかもしれないという疑心を半分ずつ抱えて、雪人は宝坂と並んで実家の門をくぐった。

応接室に現れた父親は雪人の隣に宝坂が座っているのを見て唖然とし、口を開くまでにコーヒーを二杯飲んだ。

「……で、何の用や、宝坂君」

空になったカップをソーサーに音を立てて置き、父親は苦虫を嚙みつぶしたような顔を宝坂に向けた。

父親は、あからさまに不機嫌だ。不安を覚える雪人の隣で、宝坂は臆することなく堂々と告げる。

「雪人さんと結婚させていただきましたので、そのご報告にうかがいました」

「……結婚した？　うちのと？」

「はい。式を挙げたり、何か法的な手続きをしたりしたわけではありませんが、生涯を共にすることを誓い合いました。事後報告になってしまいましたが、お許しいただけるでしょうか？」

「するわけないやろ」

考える素振りも見せず、父親は言下に吐き捨てた。

「こういう挨拶は、『結婚しました』やのうて、『結婚させてください』てするもんや。そんな常識すらない阿呆の東京もんに、大事な子供をやる親がどこにおる」

ぴしゃりと打ちつけるような拒絶の奥から、ある一言が浮かび上がって雪人の鼓膜を震わせた。

――大事な子供。幾重にも重なって響く音の連なりが、冷えかけていた胸にふわりと明かりを灯す。ほらな、と宝坂が送ってくれたやわらかな目配せが、その灯火《ともしび》をさらに大きくした。

「順番が前後したことは申し訳なく思っています。ですが、私には部長以上に雪人さんを大切にし、幸せにする自信があります」

「どんな阿呆でも、口ではなんとでも言える」

「もちろん、ちゃんと実行しますので、ご覧になっていてください」

「そんな七面倒なこと、する気ぃはない。君が、うちの子ぉと別れたらすむことや」

「何があっても、私は雪人さんと死ぬまで離れるつもりはありません」

「あのなあ、宝坂君。君はキャリアで、えぇ家の出や。あと何年かしたら、君の意思がどうやろうと、必ずほんまもんの結婚をせなあかんときが来る。そういう人間が、うちの子を幸せにできるはずがない」

「必ずしてみせますし、私の生涯の伴侶は雪人さんただひとりです、部長」

宝坂が揺るぎのない強固な声音を放つと、父親が眉をきつく寄せた。

「ですので、雪人さんと結婚したことを、どうかお許しください」

「許す気はない。何ぼ口でたいそうなこと言うたかて、君みたいな非常識な上に、よう知らん東京もんのことなんぞ信用できひんさかいな」

「では、私が信頼に足る男だとわかっていただくまで、何度でもうかがいます」

一歩も引こうとはしない宝坂を、父親が眉間の皺をますます深くして睥睨する。

「何回来ても、無駄や。絶対に許さへん」

「しかし、部長。なるべく早くお許しいただかないと、私が京都から異動するときには、雪人さんを一緒に連れて行きますよ?」

「勝手にそんなこと、してみぃ。略取誘拐罪で訴えるぞ」

「部長。少し落ち着かれては、どうですか?」

気色ばむ父親に、宝坂は悠然とあでやかな微笑みを返す。

「雪人さんは三十一歳の心身共に健康な成人で、自分の意思で私に同行するのですから、略取誘拐にはあたりません」

「そんなことはわかっとるっ。この無礼な東京もんが！　子を思う親の気持ちを、何やと思うとるんや、君は」

「尊重していますので、こうしてご挨拶にうかがっています」

「ひとの家の大事な息子を誑《たぶらか》したあげく、拐《かどわか》そうとしとるくせに、尊重もくそもあるか！」

「ですので、部長。私たちは心から愛し合っています。誑しも拐しも、まったく的外れな表現です」

「文句があるんやったら、とっとと荷物を纏めて東京へ帰れ！　何ぼ屁理屈《へりくつ》こねたかて、やらんもんはやらん！」

「お言葉ですが、部長。そう仰っても、実際問題、雪人さんはもう私のものです」

宝坂の見せた余裕が気に入らなかったらしい。父親は顔を真っ赤にして「この破廉恥キャリアが！」と怒鳴った。そこから、ふたりのやり取りはさらに熱を帯びていった。

目の前で繰り広げられるこの妙な小競《こぜ》り合《あ》いをとめなければと思う。だが、口を挟むのが何だかもったいなかった。宝坂のまっすぐな言葉からも、父親の怒鳴り声からも深い愛情が感じられて、とても嬉しかったからだ。

雪人は、自分を取り合ってくれるふたりのおかしな応酬合戦をもう少し聞いていることにした。口もとをゆるませ、コーヒーを飲んでいると、台所で夕食を作っていた母親が現れた。

「お父さん、白石《しらいし》さんから、お電話。急ぎやそうですよ」

むぅ、と唸って立ち上がった父親が、ふと雪人を見た。そして、「何でお前は、いっつもいっつも、突然なんや」と言って、電話を取りに向かう。

面持ちは憤然としていたけれど、その口調に胸に刺さるような棘はなかった。

「ほんまにあんたは、突然黙《だあま》っておらんなったかと思うたら、いきなりお婿さん連れて戻ってきたりして。お父さんもお母さんももうええ歳やさかい、あんまりびっくりさせんといて」

やわらかな声音でやんわりと窘められ、雪人は「ごめん」と詫びる。

「この前のあんたが電話してきた日ぃ、お父さん、泣いてはったんやで」

「何で……?」

何でやろうねえ、と母親は微笑んで、穏やかな眼差しを宝坂へ移す。

「宝坂さん、でしたやろか。雪人と大学、おんなじやったそうですけど、もしかしたら、この子が東京からべそかいて帰ってきたことと関係ありますやろか?」

宝坂は一瞬、かすかに眉を上げ、「そうです」と神妙な顔で頷く。

「ほな、ちゃんとその責任取ってもらわんと、困りますえ」

あまり目の笑っていない笑みを残して母親が部屋を出ていったあと、宝坂が「お母さんのほうが、百倍おっかないな」とぽつりとこぼした。

大学で出会ったわけではないものの、母親の勘のよさに驚きながら、雪人は「ええ」と苦笑いで応じる。

「それにしても、部長、想像した以上にあんたのことが可愛いみたいだな」

「……出来損ないの息子だと疎《うと》まれているとばかり思っていました」

けれども違った。見放さず、こうして気に掛けてくれていた。

自分ですら自覚したときには戸惑ったのだから、いきなり仕事を辞めて帰郷した息子に、何の前触れもなく性癖を暴露された両親はもっと当惑したはずだ。

一度や二度、衝突したからと言って、独りよがりに被害者ぶって逃げたりせず、両親の気持ちを考えてもっと早くに向き合えばよかったと雪人は後悔する。

「だから言っただろ。物事はポジティブに考えろって」

頼もしい伴侶を得られただけでなく、失ったと思った家族を取り戻すことができたのだ。もう人生を悲観する理由は何もない。

今日からはきっと、幸せが毎日積み重なっていくはずだ。

「ええ。これからはそうします」

雪人は満たされた気持ちで宝坂を見つめ、その手を握る。

「部長に見られたら、また破廉恥キャリアって怒鳴られて、ついでに殴られそうだな」

冗談めかして片眉を撥ね上げつつ、宝坂も嬉しげに指を絡めてくる。

宝坂の手は温かった。その優しい熱が、胸の中で舞う喜びを増幅させた。

「そのときは、私が助けますよ」

宝坂は破廉恥というより、変態だと思ったけれど口には出さず、雪人は愛おしい伴侶に微笑んだ。

あとがき

はじめまして。鳥谷《とりたに》しずと申します。初めての花丸さんです。憧れの花丸さんです。なので嬉しい反面、ちゃんと花丸さんのレーベル色に染まれたかな……ととても緊張しています。

もしかしたら「ん？」と思ってくださった方もいるかもしれませんが、本作は以前、新人賞参考作品として小説σ-Boyさんに掲載していただいたものの加筆修正版です。掲載時期はちょうどデビュー作発表の翌月でしたが、この作品の初稿を書き上げたのは、デビューするずっと前のことです。これが駄目だったら、もう作家になる夢は捨てようと決意して臨んだ投稿作でした。そして、幸運にも捨て身の努力がちょこっと実り、その嬉しさを原動力にして、じゃああと一作だけ頑張ってみようと書いた赤毛の恥毛話でさらに幸運にもデビューでき、今に至ります。

そんなわけで、私にとっては特別に大切な作品をこうして刊行していただく機会に恵まれ、本当に幸せです。しかも、イラストは蓮川愛《はすかわあい》先生です！　もう夢のようです！　カバーイラストや本文イラストが素晴らしいのはもちろんですが、ラフも感動ものに素敵で、一日中眺めてにやにやしていました。蓮川先生、お忙しい中、本当にありがとうございました！

信じられないチャンスをくださった女神のような担当様には、感謝感激雨あられがざんぶらこっこです。こう書くとふざけているようですが、本気で、心の底から感謝しております。そして、花丸編集部の皆様をはじめ、この作品の刊行に関わってくださった方々にも心よりお礼申し上げます。

参考掲載時にお世話になった小説б-Boy編集部の皆様、あの時に拾っていただけていなければ、今の私はありません。本当にありがとうございます。考えてみれば、これで過去に雑誌で発表した作品はすべて文庫化していただいたことになります。ありがたいことです。これもすべて、読んでくださる読者の皆様のおかげです。これからも、どうぞよろしくお願いいたします。

それでは、またどこかでお目にかかれますように。

鳥谷しず

Hanamaru Bunko

作家・イラストレーターの先生方へのファンレター・感想・ご意見などは
〒101-0063 東京都千代田区神田淡路町2-2-2
白泉社花丸編集部気付でお送り下さい。
編集部へのご意見・ご希望などもお待ちしております。
白泉社のホームページはhttp://www.hakusensha.co.jpです。

白泉社花丸文庫
初恋迷宮

2014年4月25日 初版発行

著　者　鳥谷しず ©Shizu Toritani 2014
発行人　菅原弘文
発行所　株式会社白泉社
〒101-0063 東京都千代田区神田淡路町2-2-2
電話 03(3526)8070(編集)
03(3526)8010(販売)
03(3526)8020(制作)
印刷・製本　図書印刷株式会社
Printed in Japan HAKUSENSHA　ISBN978-4-592-87722-6
定価はカバーに表示してあります。

※本書はリブレ出版発行 小説b-Boy 2010年5月号に掲載された『サマータイム・ラプソディ』を加筆、修正したものです。

Hanamaru Bunko